BVT

Als einzige Tochter eines hohen NVA-Offiziers und einer Schuldirektorin hätte Tanja die besten Voraussetzungen dazu, ein Musterprodukt der DDR-Gesellschaft zu werden. Aber Tanja hat anderes im Sinn: Sie sucht die Liebe. Und so nutzt sie jede Gelegenheit, das sozialistische Bilderbuchleben gegen andere, aufregendere Erfahrungen einzutauschen. Zum Beispiel gegen das kuschelige Auf-dem-Sofa-Sitzen mit Onkel Rolf, dem Nachbarn, nach dem sie auch ihren Hamster benennt. Oder gegen die wohlige Stimme von Herrn Oschlies, die ein bißchen nach Roger Whittaker klingt.

Katja Oskamps Geschichten geben Einblick in eine etwas andere Jugend während der realsozialistischen Spätphase. Frisch und frech erzählt sie davon, wie ein waches Mädchen sich aussetzt, um sich ein bißchen aufgehoben zu fühlen, und daß auch junge Frauen durchaus was an älteren Männern finden können.

Katja Oskamp wurde 1970 in Leipzig geboren und wuchs in Berlin auf, wo sie auch heute noch lebt. Sie studierte Theaterwissenschaften, war Dramaturgin am Volkstheater Rostock und ist Absolventin des Leipziger Literaturinstituts. Für *Halbschwimmer* wurde sie mit dem Potsdamer Literaturpreis ausgezeichnet. Außerdem wurde das Buch mit dem Rauriser Literaturpreis für das beste deutschsprachige Debüt des Jahres 2003 geehrt.

Katja Oskamp

Halbschwimmer

Roman

Berliner Taschenbuch Verlag

Juli 2005
BvT Berliner Taschenbuch Verlags GmbH, Berlin,
Lizenzausgabe mit freundlicher Genehmigung
des Ammann Verlags, Zürich
© 2003 by Ammann Verlag & Co., Zürich
Umschlaggestaltung: Nina Rothfos und Patrick Gabler, Hamburg,
unter Verwendung einer Fotografie von © Photex/D.Arky/Zefa images
Satz: Gaby Michel, Hamburg
Druck und Bindung: Clausen & Bosse, Leck
Printed in Germany · ISBN 3-8333-0148-1

ROLF UND MUCKI

Der Hamster meiner Kindheit hieß Rolf. Meine Eltern kauften ihn, weil ich ohne Geschwister auskommen mußte. Rolf saß unter einem Haufen Holzwolle im Glaskäfig neben der Tür. Meistens schlief er, manchmal fraß er. Das Laufrad benutzte er nie. Das beste an Rolf war, daß er meinen Vater dazu bringen konnte, sich bäuchlings auf den Boden zu werfen und den Kopf unter die Schrankwand zu klemmen. Ansonsten war Rolf eine Enttäuschung und starb bald.

Ich bekam zwei schwarze Zwergkaninchen, Mucki eins und zwei. Der Kaninchenstall stand auf dem Balkon, und der farblose Lack platzte von seinen Brettern. Ich machte den Stall nur sauber, wenn mein Vater mich dazu zwang. Dafür holte ich die Zwergkaninchen jeden Nachmittag für Stunden ins Wohnzimmer, um sie vor mich auf den Teppich zu setzen und ihnen die Hinterläufe langzuziehen. Schubkarre hieß das und war ein bekanntes Kinderspiel.

Gegen die einfallslose Wiederkehr des Kaninchennamens Mucki finde ich den Hamsternamen Rolf recht originell. Ich nannte den Hamster nach dem Vater unserer Nachbarsfamilie, den Wiedemeyers, mit denen wir befreundet waren. Zu Wiedemeyers gehörten Onkel Rolf, Tante Elke und die Kinder Jan und Fanny. Onkel Rolf freute sich nicht, als ich ihm den Namen meines Hamsters verriet. Eigentlich hätte ich damals schon stutzig werden müssen. Aber ich fragte mich nicht, ob er seinen Namen so wenig mochte, daß er ihn nicht noch vervielfältigt haben wollte, oder ob ihm sein Name zu schade war, um an einen Hamster verschwendet zu werden.

*

Ich schiebe die Zigarettenschachtel hinter den Heiz‚ körper auf halber Treppe. So ein unsinniger Platz ist ein sicheres Versteck. Manchmal überlege ich mir, ob ich meinem Vater später, wenn er mit dem Erziehen aufge‚ hört hat, davon erzählen soll, daß er jeden Morgen an den Zigaretten vorbeilief, nach denen er am Abend vor‚ her meine Sachen erfolglos durchsucht hatte.

Ich steige die letzten elf Stufen bis zur dritten Etage. Die Wohnungstür meiner Eltern liegt links in einer tie‚ fen Nische verborgen. Beim Einzug hielten sie es für ein Privileg, *nicht auf dem Präsentierteller zu sitzen;* jetzt habe ich immer einen Rest Angst davor, ins Ungewisse ab‚ zubiegen. Es könnte jemand vor dem Fahrstuhl lauern oder hinter dem Müllschlucker. Auf der rechten Seite ist Wiedemeyers Tür. Ihre Umrisse kann ich dank des oran‚

gen Lämpchens über dem Lichtschalter deutlich erkennen. Ich brauche kein Licht. Höchstens zwei Finger
breit unter dem Lichtschalter ist die Klingel mit dem
Schriftzug *Fam. Dr. Wiedemeyer* – weiße Buchstaben, auf
ein schwarzes Plasteband gestanzt. Unseren Familienna-
men hat mein Vater mit Hand in das weiße Feld neben
dem Klingelknopf geschrieben, aber es sieht fast aus
wie gedruckt. Wir haben so eine Buchstabenmaschine
nicht. Wir haben überhaupt eine ganz andere Klingel.
Bei Betätigung ertönt ein anhaltendes Schnarrgeräusch.
Eigentlich kann man das nicht Klingeln nennen.
Manchmal bleibt der Knopf auch stecken. Wenn meine
Mutter im Streß ist, kann der feststeckende Knopf das
Faß zum Überlaufen bringen. Mein Vater versucht
dann, mit dem Kartoffelschälmesser den Knopf wieder
freizuhebeln, während sich jeder, der will, durch die geöffnete Wohnungstür gut ein Bild von meiner tobenden
Mutter machen kann. Im Lauf der Jahre ist unsere Klingel, vielleicht vom vielen unfreiwilligen Dauergebrauch,
immer leiser geworden. Ich weiß nicht, warum meine
Eltern nichts dagegen unternehmen. Wahrscheinlich
meinen sie, daß es sich nicht mehr lohnt. Es kommt nicht
oft vor, daß jemand außer Wiedemeyers bei uns klingelt.

Wiedemeyers Klingel macht ein fröhliches Ging-
Gong. Ich habe mich in letzter Zeit darauf spezialisiert,
die Klingel zu überlisten, und kann sie jetzt genauso hei-
ser und gebrechlich klingen lassen wie unsere. Der Trick

besteht darin, das Ging zu unterdrücken und nur das Gong zuzulassen, das dann wegen des fehlenden Gings wie herausgewürgt klingt. Man darf auf keinen Fall frontal mit dem Daumen auf den Knopf drücken. Vielmehr muß der Knopf an seiner äußersten Kante schräg angetippt werden, mit wenig Druck, aber natürlich nicht mit so wenig, daß gar nichts zu hören ist. Es ist nicht nur die Technik, es ist auch die innere Einstellung. Wenn ich mir vorstelle, bescheiden oder lustlos zu sein, gelingt mir das gequälte Klingelgeräusch am besten. So, wie Tante Elke unseren Knopf doppelt drückt, um uns über ihre gute Laune zu informieren, kann ich bei Wiedemeyers garantiert ein halbes, an manchen Tagen sogar ein drittel bis ein viertel Mal klingeln. Daran können sie mich erkennen.

Ich schaffe ein viertel Mal. Es kommt mir noch zu laut vor für diese Uhrzeit. Ich mache schnell ein ängstliches Kindergesicht. Schon stehe ich im Dunkeln vor Onkel Rolf; der steht im Schlafanzug vor mir und sieht aus, als ob er sich freut. Komm rein, sagt er. Es ist nicht das erste Mal.

*

– Guckst du Fernsehen?
  – Bloß nebenbei.
Alle schlafen schon, alle müssen früh raus. Nur

Onkel Rolf hat trotzdem ein Nachtleben nach zehn. Er schiebt die Decke beiseite, unter der er vorhin gelegen haben muß, und wir setzen uns auf die Ledercouch. Überall liegen Bücher herum und auch diese Zeitschrift mit den schönen nackten Frauen, die Wiedemeyers, glaube ich, abonniert haben.

– Warst wohl wieder tanzen?

– Donnerstags, weißt du doch.

– War's gut?

– Öde.

Manchmal freut er sich einfach so über mich. Dann nimmt Onkel Rolf meinen Kopf in seine Hände und zerstrubbelt Haare und Ohren und alles. Er ist auch der einzige, der immer gesagt hat, daß das mit meinen dicken Oberschenkeln Quatsch ist, daß ich aufhören soll zu jammern, weil die doch gut sind, so wie sie sind. Onkel Rolf lacht so oft wie kein anderer. Früher hat er mich über die Schulter geworfen, sich mit mir gedreht und in meine Oberschenkel gekniffen, daß ich vor Lachen schreien mußte. Einmal habe ich geblutet, weil wir aus Versehen die Kletterhilfe einer Tomatenpflanze geschrammt hatten; die Narbe habe ich noch.

– Na komm her.

Ich rutsche heran und ziehe die Füße hoch. Die Haut von Onkel Rolf hat große Poren und ist immer von einem feinen Glanzfilm überzogen; es ist fettige Haut. Ein bestimmter Geruch geht von ihr aus, wenn man ganz nah an sein Gesicht kommt. In unserer Familie hat niemand fettige Haut. Meine Haut zum Beispiel ist so trocken, daß sie im Winter an manchen Stellen einreißt, wenn ich sie nicht immerzu eincreme. Es wäre gut, Onkel Rolfs und meine Haut zu mischen, wir wären dann Typ Mischhaut.

– Hast du Schokolade?

Onkel Rolf lacht schon wieder und greift schräg hinter sich nach der Porzellanschale, die Tante Elke immer gut gefüllt hält mit Luftschokolade und Nougatpralinen.

Als wir uns vor ein paar Wochen in seinem Arbeitszimmer unterhalten haben, hat er meinen Kopf gestreichelt und gesagt *Mensch, du denkst ja schlaue Sachen!* Leider weiß ich nicht mehr, was ich Schlaues gedacht habe, aber ich will, daß seine Hände mich wieder streicheln. Sie sind warm, weich und sauber, richtige Arzthände.

Die Schokolade zergeht in meinem Mund. Seine Fingerkuppen befühlen meine Rippen und streifen irgendwo meine Brust. Er achtet darauf, daß sie nie wirklich ganz in seiner Hand liegt. Ich atme tief, damit meine Brust seine Hand erreicht. Jetzt weiß ich, wie lästig mir die Jungs mit ihren klumpigen Zungen sind. Onkel Rolf macht mich glücklich. Ich muß mich an ihn pressen, ihn festhalten und wissen, wie es weitergeht. Ich spüre einen kleinen Ruck. Onkel Rolf nimmt meinen

Kopf zwischen seine Hände, strubbelt wieder meine Haare und schiebt mich von der Couch hoch.

– Los jetzt, nach Hause ins Bett.

Vorbei an der schlafenden Tante Elke und den Kindern bringt er mich zur Tür; ich lache ihn zum Abschied groß an, was Besseres fällt mir nicht ein. Im Dunkeln stehe ich mit glühenden Wangen.

*

In der Couchecke meiner Eltern sitzen Wiedemeyers auf ihren Stammplätzen. Meine Mutter hat beschlossen, *heute reinen Tisch zu machen*. Ich habe mir aus meinem Bett ein gemütliches Nest gebaut und höre zu, wie sie sich im Wohnzimmer fetzen. Allerdings weiß ich nicht, für wen ich bin.

Meine Mutter redet erst in energischem Tonfall auf Wiedemeyers ein und schreit dann, daß diese Freundschaft doch schon lange nicht mehr auf Gegenseitigkeit beruht, daß sie es satt hat, nur noch ausgenutzt zu werden, und daß Tante Elke aufhören soll, ihr immer gebrauchte Lippenstifte zu schenken. Onkel Rolf lacht öfter auf und stört den Ausbruch meiner Mutter mit frechen Zwischenrufen. Tante Elke schluchzt und sagt, daß Onkel Rolf und sie das nicht verdient haben, aber niemand geht darauf ein. Von meinem Vater höre ich gar nichts; ich nehme an, er füllt die Gläser nach.

Ich frage mich, ob sich Wiedemeyers hinter verschlossener Tür auch über uns aufregen oder ob sie von dem Angriff wirklich überrascht sind. Aller Wahrscheinlichkeit nach ist die Freundschaft jetzt beendet. Aber wie soll das mit Onkel Rolf und mir weitergehen? Ich kann doch nicht einfach beim Feind klingeln.

Es ist zwei Uhr. Die Zeit ist sehr schnell vergangen. Ich sitze unverändert in meinem Bett, habe aber von dem Gebrüll drüben die Schnauze voll. Ich kann morgen nicht ausschlafen. Ich muß um sechs am Busbahnhof sein. Unsere Klasse hat sich bereit erklärt, den ganzen Sonntag Busse zu waschen. Friedensschicht nennt sich das. Ich lege mich hin und versuche zu schlafen. Vom Flur höre ich halblautes Gemurmel und das Zuknallen der Wohnungstür. Die Männer sind bestimmt besoffen, vielleicht sogar die Frauen. Das Bett meiner Eltern knarrt kurz, dann ist Ruhe.

Plötzlich klingelt es Sturm und schlägt an die Tür. Ich muß wohl geschlafen haben. Tante Elke ist außer sich. *Der Rolf, der Rolf, liegt im Flur wie tot, mit Schaum vor dem Mund.* Es fällt mir schwer, in meinem Zimmer zu bleiben, denn ich möchte Onkel Rolf so daliegen sehen. Mein Vater ruft den Notarzt, doch als der eintrifft, ist Onkel Rolf schon wieder auf den Beinen. *Zuviel Alkohol, die Aufregung, da macht der Kreislauf leicht mal schlapp, das kommt vor bei Cholerikern,* sagt der Notarzt und verschwindet wieder. Die Wohnungstüren stehen noch eine

Weile offen, der Lichtschalter im Hausflur wird immer wieder betätigt. Endlich gehen alle schlafen, es ist fünf Uhr, ich stehe auf.

– Ich bringe dich hin.

– Willst du nicht schlafen?

– Hast du denn geschlafen?

– Nein.

Mein Vater putzt sich nach mir die Zähne und nimmt aus der Küche zwei Äpfel mit. Er steckt den Schlüssel ins Schloß, um die Wohnungstür geräuschlos zu schließen. Auf halber Treppe halte ich an. Bestimmt wird es bei der Friedensschicht eine Pause geben, und in der werden wir rauchen. Ich greife hinter den Heizkörper und hole die Zigarettenschachtel hervor. Mein Vater gibt mir mit der einen Hand einen Klaps auf den Hinterkopf, mit der anderen einen Apfel und grinst.

Die Luft draußen ist mild. Zu Fuß sind es zwanzig Minuten bis zum Busbahnhof. So früh fährt noch kein Bus. Schon gar nicht am Sonntag. Wahrscheinlich müssen die erst gewaschen werden.

*

In der Schule lernen und wiederholen wir den Satz *Krieg ist die Fortsetzung der Politik mit militärischen Mitteln,* der mir so imponiert, daß ich versuche, ihn auf mein Leben anzuwenden. Ich entwerfe für die neue Situation zu

Hause den Satz *Kinder sind die Fortsetzung ihrer Eltern mit jüngeren Mitteln.* Wenn ich Jan und Fanny im Flur treffe, blödeln wir nie mehr herum, weil sie jedesmal eilig irgendwohin müssen. Und daß sie mal wieder bei mir klingeln, daran ist gar nicht zu denken. Meine Eltern sagen, daß es früher oder später ohnehin so gekommen wäre.

Um Jan tut es mir nicht wirklich leid, denn ich habe nie verstanden, warum Onkel Rolf so einen dämlichen Sohn hat.

Bei Fanny ist die Lage komplizierter. Abgesehen vom Königin-im-Gefängnis-Spiel, bei dem wir einander abwechselnd ins Klo einsperren, das Licht ausmachen und von draußen unter Androhung noch härterer Strafen Gelöbnisse zur Besserung erzwingen, haben wir uns ausgedacht, ein Wort so oft und schnell hintereinander zu sprechen, bis es jeden Inhalt verliert und nichts als eine fremde, monotone Melodie übrigbleibt. Wir amüsieren uns köstlich dabei, derart orientierungslos zu sein. Eigentlich haben wir diese Spiele schon ewig nicht mehr gespielt.

Ich wende mich verstärkt der Schule zu, das heißt Herrn Bading, meinem Klassen- und Mathematiklehrer. Seine Schülersprechstunden nehme ich ganz für mich allein in Anspruch; von den anderen geht ja doch keiner freiwillig hin. Herr Bading heißt mit Vornamen Peter, hat zwei große Kinder und ist geschieden. Jetzt lebt er mit einer neuen Frau zusammen, mit der er aber nicht verheiratet ist. Am Wochenende fährt er immer auf sein Grundstück am See. Manchmal versucht Herr Bading, mit mir über meine Probleme in Mathe, Physik und Chemie zu reden, aber ich habe ihm schon gesagt, daß mich diese Dinge nur sehr bedingt interessieren und man sie in einem größeren Zusammenhang sehen muß. Zu guter Letzt philosophieren wir über das Leben, und er erzählt mir was aus seinem. Zum Abschied hat er mir öfter die Hand gegeben, die faßt sich an, als wär noch Kreide dran. Einmal hat er mir sogar mit der Hand auf den Rücken geklopft. Das war irgendwie kraftvoll, aber ich hatte Angst, mit einem weißen Abdruck auf dem Rücken durch die Schule zu laufen, und hab gleich meine Jacke übergezogen. Ich kann mir schon vorstellen, daß ich Herrn Bading nicht ganz geheuer bin, weil er ja auf der Hut sein muß als Lehrer, aber es gefällt ihm auch. Auf all so was kann ich keine Rücksicht nehmen. Mir fallen immer wieder Fragen ein, die ich ihm bei der nächsten Schülersprechstunde stellen muß. Außerdem träume ich jedesmal danach von Herrn Bading, wie er mich mit auf sein Grundstück nimmt und wir zusammen im See schwimmen, und eine Zwei in Mathe hab ich jetzt auch.

*

In dem Brief an Onkel Rolf schreibe ich, daß ich mich nach sechs Jahren aus Altersgründen von meinem Mann Karl getrennt habe. Ich schreibe auch, daß ich immer noch zu Wiedemeyers Balkon aufschauen muß, wenn ich meine Eltern besuche, und daß ich ihn gern wiedersehen will.

Es dauert viele Wochen, dann ruft Onkel Rolf bei mir an. Gutgelaunt sagt er, wie stolz es ihn mache, einen so langen, schönen Brief von mir zu bekommen, gerade heutzutage, wo nur noch Rechnungen im Briefkasten lägen. Es gehe ihm gut und er habe sehr viel um die Ohren, deshalb sei es zur Zeit ungünstig mit einem Treffen. Er würde mich natürlich gern sehen, vielleicht in zwei, drei Wochen, wenn der Streß vorbei sei, und er würde sich auf jeden Fall wieder melden.

Ich lege den Hörer auf und habe ein blödes Gefühl. Meine Mutter hat schon früher gesagt, *man muß sich als Mädchen ein bißchen rar machen.* Ich kann es nicht, ich kann nicht mal das Wort aussprechen: *rar.* Onkel Rolf ruft nicht an, nicht nach einem, nicht nach zwei Monaten. Er hat mich vertröstet auf Nimmermehr.

*

Es ist der erste Besuch bei meinen Eltern, seit Paula geboren ist. Ich habe sie in der Bauchtrage unter meinem Mantel. Schon an der Straßenecke sehe ich zu dem

Balkon hinauf – wie immer nichts. Vor der Haustür hält ein Auto, hinter dessen Frontscheibe schief Onkel Rolf sitzt, weil er die Beifahrertür öffnet und mich heran٫ winkt. Eigentlich kann ich mit Paula vor dem Bauch nicht sitzen und schon gar nicht in einen Autositz sin٫ ken, wenn ich sie nicht zerquetschen will, aber ich mühe mich mit vorgeschobener Hüfte und eingezogenem Kopf in eine Schräglage und ziehe die Tür zu.

– Du siehst ja so anders aus.

Indem ich das sage, erinnere ich mich an mein neu٫ erworbenes Übergewicht und erwarte, daß Rolf etwas ebenso Uncharmantes erwidert. Aber er lacht nur, und dabei erscheint in vollem Umfang ein fremdes Gebiß, das ich nie zuvor bei ihm gesehen habe.

– Geht's dir gut?

Ich bin Rolf dankbar, daß wir uns nicht übers Älter٫ werden unterhalten müssen, lache zurück, so gut es geht, und weise mit dem Kopf auf Paula.

– Siehst du doch.

Rolf guckt auf das Bündel vor meinem Bauch, aber mehr als die häßliche Krankenhausmütze und zwei Fäu٫ ste sind nicht zu sehen.

– Wie heißt es denn?

– Mucki.

Wir lachen beide, und ich bin heilfroh, daß mir das eingefallen ist und daß Rolf seine Hand an meinen Nak٫ ken legt und sein Gesicht an meins drückt und wir ein٫

ander nicht mehr ansehen müssen. Eine Weile atmen wir zusammen, so lange, daß eine echte Chance besteht, den Anblick von eben zu vergessen. Jetzt rieche ich auch die gute, alte Haut wieder, und eine große Schwäche überkommt mich.

– Na los, geh hoch.

Ich raffe mich auf, schmeiße die Beifahrertür zu und höre das Auto abfahren. Ich will nicht gleich hochgehen, denn ich schwitze wie verrückt, und Paula schläft ja auch noch. Also gehe ich eine Runde durchs Wohngebiet und bemerke, daß ich nicht mehr verstehe, worüber Onkel Rolf andauernd lacht. Dann klingle ich bei meinen Eltern.

HALBSCHWIMMER

Vati hat mir beigebracht, mit offenen Augen zu tauchen. Er hat mich überredet. Hab dich nicht so, hat er gesagt, und ich hab mich getraut.

Hier unten ist es trüb, der Boden ist aufgewühlt von den strampelnden Urlaubern. Vati und ich, wir glotzen uns an, machen Fratzen. Ich kann dumpf mein Lachen hören, aber Vati sieht mich bestimmt bloß blubbern. Die Blasen fahren mir aus dem Mund in die Höhe, und wenn ich keine Blasen mehr übrig habe, dann fahre ich selbst hoch und japse an der Oberfläche nach Luft.

Vor dem Strich zwischen Himmel und Meer verbiegen sich Surfer an bunten Dreiecken. Auf dem Festland häufen sich Strandburgen, in denen hausen die Familien. Sonnenschirme! Kühltaschen! Luftmatratzen! Und Kinder in allen Größen! Die machen Lärm! Ferien an der Ostsee!

Vati kommt angeschwommen, wieder mit diesem Blick: er tut so, als ob er so tut, als wenn gar nichts los wär. Ich wechsle die Richtung, nichts wie weg, aber ich kann nicht mehr schwimmen, nur noch hundepaddeln, und dazu muß ich gackern. Ich bin ein einziges Gezap-pel, komme nur schlecht von der Stelle, werde wohl ewig Halbschwimmer bleiben. Die Oberarme und der Bauch tun weh, wie ein Krampf, ich gackere und zappele und paddle.

In ruhigen, überlegten Zügen kommt Vati auf mich zu und hat noch die Kraft, fortwährend dieses schein-heilige Gesicht zu machen. Ich höre auf zu kämpfen. Aufgeben ist wie eine Erlösung. Jetzt zeigt er seine Zähne, aber es ist kein Lachen. Er beißt sie zusammen wie ein Sprinter über der Ziellinie. Mit der ausgebreite-ten Hand drückt er meinen Kopf unter Wasser. Ich sinke, er steigt. Unten sind die Augen zu. Er packt mich am Handgelenk, an der Fessel, wo er mich auch zu fas-sen kriegt. Ich trete und schlage um mich, ohne Besin-nen. Ich entwinde meinen Kopf seinen Händen. Da drückt er mich an der Schulter in die Tiefe; irgendein Teil von mir erwischt er immer. Mein Knie knallt gegen etwas Hartes. Jetzt hört er auf. Nichts wie hoch. Er hat aufgehört! Ich huste, keuche, spucke. Luft! Bis jetzt hat er immer irgendwann aufgehört. Meine Lunge pumpt. Das Herz rast. Er ist neben mir, außer Atem, und meckert wie ein Ziegenbock. Seine Unterlippe blutet. Meine Augen brennen vom Salz. Unsere Zähne schla-gen schnell und hart aufeinander; er preßt seine zusam-men, ich lasse meine klappern.

Du blutest, sage ich.

Ach was, sagt er und fährt sich mit der Zunge über die Wunde, los, komm raus.

Er dreht sich weg von mir, schüttelt das Wasser aus dem Haarschnitt; die Muskeln wölben seine Oberschenkel, als er durch die Wellen steigt.

Ich übe noch mal, rufe ich. Aber meine Stimme ist zu dünn wegen der ganzen Luft, die rein und raus will.

Unten sind keine Fische, bloß Menschenbeine, die in Zeitlupe im Meeresboden quirlen, und Quallen, die schlaff in jeden Strudel geraten. Die muß ich unbedingt sehen durch den Wasserstaub, diese willenlosen Schleimkörper. Ich halte die Augen aufgerissen, bis die Sandkörner sich mir in die Netzhaut graben und das Salz mich blind macht. Hoch mit mir! Druckausgleich!

Ich wache auf. Das Nachthemd klebt mir auf der Haut, der Schlafsand in den Augen. Ein Quietschen und Knarren, unaufhörlich; das hat mich geweckt, nicht die Hitze, nicht die Sonne. Es ist ganz gleichmäßig, wie das Ticken meines Weckers, im Sekundenabstand. Halb neun. Warum steht die Tür meines Zimmers offen?

Sanft trete ich die Decke ans Fußende, rolle mich langsam an die Kante, nicht plumpsen lassen, ich habe alle Zeit der Welt und Muskeln, die mich halten. Behutsam fange ich mich ab, auf allen vieren auf dem Teppich angekommen.

Das Quietschen und Knarren bleibt, gleich schnell, gleich laut. Die hören nichts. Los geht's! Hier in der Ferienwohnung haben die Wände Ohren, aber die Wege sind schön kurz. Jede Hand, die ich aufstütze, jedes Knie, das ich nachsetze, trägt mich lautlos aus dem Zimmer. Ich schaue um die Ecke durch die geöffnete Schlafzimmertür. Stop! Das Ehebett ist schon in Sicht!

Die Unterarme mit Bedacht auf den Flurteppich, den Kopf absenken in Bodennähe, dahin, wo ihn niemand erwartet. Nur der Hintern ragt in die Höhe, doch der ist in Sicherheit. Auf meinem durchgebogenen Rücken könnten Kleinkinder ins flache Becken rutschen. Ich verlagere das Gewicht nach vorn, bis der Bauch auf dem Teppich liegt, die Unterarme müssen bleiben, wo sie waren, und quetschen meine Brust. Der Schmerz läßt sich aushalten, er ist mir nicht neu.

Nur Vatis Schulterblätter kann ich sehen. In weißen, wuchernden Wellen wippen ein paar schwarze Büschel, das muß Muttis Kopf sein. Weiter unten ragen zwei spitze Knie aus dem Schaum, im rechten Winkel aufgestellt. Zwei Haifischflossen! Die haben's auf Vati abgesehen! Die lassen nicht locker! Konzentrier dich, Vati, bündle deine Kräfte! Die keilen dich schon ein! Mit seitlich abgewandtem Kopf schnappst du alle paar Züge an der Oberfläche nach Luft, die Augen zugekniffen, die Wange schief ins Kissen gedrückt, die Härchen zerzaust, verklebt vom Schweiß. Jetzt bloß nicht aus dem Rhythmus kommen! Hundert Meter Kraul, deine stärkste Disziplin! Zieh, Vati, zieh!

Starker Seegang, Gischtkronen aus Daunen. Das Meer peitscht gegen die Schlafzimmerwand. Keine Hände zu sehen, die verkrampft ins Leere greifen, Mutti ist schon ersoffen, nur die beiden Dreiecke stehen gefährlich still, Vati ist der einzige, der es schaffen kann. Er setzt zum Schlußspurt an. Das Quietschen und Knarren wird ein Lärmen und Rasen. Es gibt kein Zurück mehr.

Ich schiebe den Hintern in die Höhe, damit ich zuerst den Kopf in Sicherheit bringen kann. Mir und Vati den gegenseitigen Anblick ersparen. Es war höchste Zeit. Die Kleinkindrutsche wandert los. Nur keine Panik, nichts anstoßen, nichts einreißen; noch ist Vati nicht im Ziel. Rückwärts biege ich in mein Zimmer ein, das ist beschwerlicher, als herauszukommen.

Ich bleibe mit dem Nagel vom kleinen Zeh am Teppich hängen, daß es schlarzt. Stillhalten! Ein Gefühl, als wenn der kleine Zeh bloß die Schwachstelle ist, von der aus sie mir die ganze Haut abstreifen, über beide Ohren. Drüben haben sie nichts davon gehört, und wenn, kann Vati es höchstens als Ansporn nehmen. Sachte hebe ich mich über die Kante auf das Bett. Drei nach halb neun. Ich bin gerettet; ich bin erschöpft.

Ich ziehe die Bettdecke über mich, bis über den

Kopf. Einen kleinen Spalt zum Atmen lasse ich, und zum Lauschen. Das Quietschen und Knarren stockt, der Rhythmus ist verlorengegangen. Ruhe. Ende. Aus. Kein Ton mehr, kein Hauch. Die sagen nichts. Kein Wort. Nichts.

Vati räuspert sich. Es quietscht einmal, es knarrt einmal. Jetzt steht er auf. Ich kann die Augen nicht mehr schließen.

Sie liegt neben mir in der Strandburg, aalglatt, bis auf ein Knie, das sie leicht angewinkelt hat. Das Gesicht ist von einer Zeitschrift abgedeckt. Mutti ist gleichmäßig braun, von Hals bis Fuß, nur die Brustwarzen, der Bauchnabel, das schwarze Schamhaar unterbrechen den Fluß. Mutti will noch brauner werden, immer noch brauner. Sie schmiert sich mit Sonnenöl ein, mehrmals während eines Urlaubstages. Das macht die Haut glänzend, fast golden.

Ich sitze mit angezogenen Beinen und krummem Rücken, auf dem trocken die Hitze liegt. Sonnenbrand habe ich, fange an, mich zu schälen.

Mit dem Fingernagel kratze ich ein Bläschen auf, unten am Schienbein. Wenn sich die milchgraue Haut löst, nehme ich den Daumennagel dazu und ziehe vorsichtig an dem Fetzchen, bis es fransig abreißt. Dann kratze ich das nächste Bläschen auf. Am Schienbein gibt es schnell keine Stellen mehr, die etwas hergeben. Die Grenzen sind erreicht. Sie machen keinen Halt vor Poren, Leberflecken, kleinen Narben.

Ich wende mich der Schulter zu, die ist ergiebiger. Ich ziehe größere Fetzen ab. Sie sind alles andere als glatt; ein unendliches Muster ist jedem Stück Haut eingeprägt, ein wirres Netz aus tausend Linien. Jede Schicht, von der ich mich erlöse, trägt dieselben Spuren, da kann ich mich häuten, so oft ich will. Wie Pergament lasse ich die Fetzen im Seewind flattern, bevor meine Fingerkuppen sie freigeben und sie davonfliegen. Sie verfangen sich in den Gipfeln der Strandburg und verkleben mit dem Zuckersand; nur wenige schaffen es, darüber hinauszukommen. Ich möchte Riesenfetzen abziehen, richtige Fladen sollen es sein, so wie andere Menschen Kaugummiblasen machen. Die allergrößten geben, wenn ich ganz behutsam bin, ein Geräusch von sich, das klingt so schön wie Pelle von der Salami ziehen, nur viel leiser.

Auch an der Schulter finde ich nichts mehr, was sich schon lösen ließe; ich muß geduldig sein. Den Rücken erreiche ich nicht, sosehr ich mich auch verrenke. Er juckt. Er juckt von loser Haut, die entfernt werden will, ich weiß es, ich sehe sie vor mir, aber ich komme nicht ran.

Hör auf zu pulen, sagt Mutti.

Schäl mir den Rücken, sage ich.

Sie streicht zweimal halbherzig mit der Handfläche

darüber und kratzt mich aus Versehen, mit einem spitzen Fingernagel oder einem ihrer Ringe.

Blutet es, sage ich.

So wirst du nie braun, sagt sie und deckt ihr Gesicht wieder mit der Zeitschrift zu. Mit gekreuzten Armen kralle ich meine Hände in die Schultern. Mach mir die alte Haut ab, die tote, mach sie endlich ab!

Wenn das Wasser verdunstet ist, bleibt weißer Salzstaub auf der Haut übrig, bildet Spuren wie rissige Erde. Den lecke ich mir vom Oberarm wie eine Ziege.

Mutti steht auf. Sie geht nicht gern ins Wasser. Nur einmal am Tag, dann muß es sein. Flüchtig titscht sie in die Ostsee ein, spreizt die Hände. Ein paar hektische Schwimmzüge mit gestrecktem Hals und wippenden Haarbüscheln, die sollen nicht naß werden; schon ist sie wieder draußen. Sie tupft das Gesicht mit dem Handtuch ab, alles andere muß lufttrocknen, damit das goldene Kunstwerk nicht beschädigt wird.

Schmier dich ein und zieh endlich den Badeanzug aus, hab dich nicht so, sagt Mutti.

Ich gehe ins Wasser.

Herr O

Es roch merkwürdig. Es roch nach etwas, das ich noch nie gerochen hatte. Ein mir völlig fremder Geruch, der sich verstärkte, je näher ich der Wohnungstür kam. Ich kramte den Schlüssel unter den Schulbüchern hervor. Normalerweise roch es, wenn ich die Tür aufschloß, nach nichts.

Jetzt aber roch es so ähnlich wie Weihnachten oder besser, wie Disko, nur gesünder. Der neue Duft gefiel mir. Der Schlüssel im Schloß ließ sich nicht drehen. Wieso war jetzt schon jemand zu Hause? Es war erst dreiviertel zwei.

Ich hörte leise Musik, Roger Whittaker, die Lieblingsplatte meiner Mutter. Ich stellte die Schultasche im Korridor ab und streifte die Schuhe von den Füßen. Der braune Vorhang war zugezogen. Mein Vater hatte ihn gegen die Tür vom Wohnzimmer ausgewechselt, um Platz zu sparen. Der Vorhang war immer zur Seite geschoben, diente nur zur Dekoration. Jetzt war er zu.

Es roch nach Zigarettenrauch, vermischt mit etwas anderem. Ich drückte den schweren Stoff einen Spalt weit auf und schlüpfte hindurch. Hinter mir fiel der Vorhang geräuschlos zurück. Ich ging auf Socken über die helle Auslegware. Vor der Couchecke blieb ich stehen.

Hallo, sagte ich.

Meine Mutter sprang von der Couch auf, auf der sie im Schneidersitz gesessen hatte. Sie war barfuß. Ihre Wangen waren gerötet, die Augen glänzten. Sie sah unerlaubt schön aus. Im Sessel gegenüber saß ein Mann, auf dessen Hinterkopf ich blickte. Eine kahle Stelle war zu sehen.

Da bist du ja, sagte meine Mutter.

Sie wußte, wann ich von der Schule nach Hause kam, und hatte sich trotzdem erschreckt. Sie hatte mich nicht kommen hören.

Herr Oschlies ist ein Kollege von mir, sagte sie.

Meine Mutter griff nach dem vollen Aschenbecher und ging ins Bad. Herr Oschlies drehte sich im Sessel zu mir um. Er trug eine Brille mit braunem Gestell. Die dicken Gläser vergrößerten seine Augen. Er erhob sich und streckte mir die Hand entgegen.

Tag, Tanja, sagte er.

Die Stimme klang tief und ruhig wie die von Roger Whittaker. Ich hörte die Klospülung rauschen. Meine Mutter hatte die Kippen ins Klo geworfen.

Schön, daß ich dich mal kennenlerne, sagte Herr Oschlies.

Herr Oschlies, das spürte ich, war voller Sympathie. Er wollte, daß meine Mutter eine liebe Tochter hatte. Ich machte mein Mäuschengesicht, das bedeutete zu lächeln, aber nicht breit, eher spitz, mit Augenaufschlag.

Auf dem Couchtisch standen eine leere Flasche Rotkäppchensekt und zwei fast leere Sektschalen. Daneben lagen zwei Schachteln Duett, eine offene und eine zerknüllte. Auch meine erste Zigarette – ich hatte sie vor einem Monat mit meiner Freundin Nina geraucht – war eine Duett gewesen. Meine Mutter rauchte nicht. Offiziell wenigstens rauchte sie nicht, denn sie war stellvertretende Schuldirektorin mit Vorbildfunktion. Inoffiziell rauchte sie manchmal frühmorgens hektisch eine Zigarette, um aufs Klo gehen zu können. Es half nie, aber wegen der einen Duett plagte sie den ganzen Tag über ein schlechtes Gewissen, als hätte sie zehn Schachteln weggepafft.

Meine Mutter kam aus dem Bad wieder. Sie hatte ihr Deo in der Hand. Mit einem Plopp zog sie die Plastekappe ab, hielt die Spraydose hoch in die Luft und fing an, mit wilden Armbewegungen den Duft zu verteilen. Sie besprühte nicht nur die Couchecke, sie besprühte jeden Winkel des Wohnzimmers, wanderte auf nackten Füßen vom Eßtisch, an der Schrankwand vorbei, zum Telefontischchen. Dann schob sie den braunen Vorhang beiseite und arbeitete im Korridor weiter. Herr Oschlies und ich standen schweigend in einer Wolke von Undine Grüner Apfel.

Er müsse jetzt gehen, sie hätten ja alles besprochen,

sagte Herr Oschlies halb zu mir und halb zu sich selbst. Er steckte die zerknüllte Duett-Schachtel ein, gab mir die Hand und ging in den Korridor. Ich blieb stehen. Das hatte ich also gerochen, eine Mischung aus Duett und Undine Grüner Apfel. Meine Mutter mußte, bevor ich nach Hause gekommen war, bereits eine Ladung Deo verteilt haben. Hoffentlich war sie nicht nach jeder einzelnen Zigarette mit der Spraydose losgerannt. Herr Oschlies tat mir leid.

Nachdem sie Herrn Oschlies verabschiedet hatte, kam meine Mutter zurück ins Wohnzimmer und riß die Balkontür auf. Sie räumte die angefangene Duett-Schachtel in die oberste Schublade der Schrankwand und trug die Sektschalen und die leere Flasche in die Küche. Ihr Gesicht glühte.

Hast du keine Hausaufgaben, fragte sie.

Was für Fächer macht er denn, fragte ich.

Wehrerziehung, sagte meine Mutter.

Roger Whittaker sang, daß Abschied ein scharfes Schwert ist. Ich ging in mein Zimmer.

Diesmal roch ich es schon auf dem Treppenabsatz. Es roch gut. Ich öffnete die Wohnungstür und schloß sie behutsam hinter mir. Der braune Vorhang war zugezogen. Dachte meine Mutter wirklich, der Vorhang würde die Rauchschwaden aufhalten, Undine Grüner Apfel den Qualm überdecken können? Als ich die Schuhe auszog, klackte es an der Tür. Ich sah mich erschrocken um. Mein Vater stand da, in der Hand den Aktenkoffer. Wieso kam mein Vater mitten am Tag von der Arbeit?

Bei mir hat sich was verschoben, sagte er.

Mein Vater sah aus wie ein stinknormaler Büromensch. Obwohl er Offizier der NVA war, ging er immer in Zivil zur Arbeit. Ich wußte weder, wo seine Arbeitsstelle war, noch, was er den ganzen Tag dort machte. Es ging uns nichts an, meine Mutter und mich. Aber er ließ keinen Zweifel daran, daß er mit sehr ernsten und hochgefährlichen Dingen beschäftigt war. Deshalb war es auch so wichtig, daß wir keine Fragen stellten. Wir hatten etwas streng geheimzuhalten, das wir gar nicht kannten. In der Schule, hatte er angewiesen, sollte ich sagen, er sei in der militärischen Ausbildung tätig. Das befolgte ich, denn es wäre peinlich gewesen, mit dreizehn Jahren nicht zu wissen, was der Vater arbeitete.

Er schnüffelte. Ich konnte hören, wie er den Duett-Undine-Duft durch die Nase einsog. Genau wie ich vor einigen Wochen versuchte er, den seltsamen Geruch zu identifizieren. Ich hielt mich raus.

Mein Vater schob den braunen Vorhang zur Seite. Ich ging auf Socken hinterher. Meine Mutter sprang von der Couch auf. Sie hatte wieder dieses schöne Leuchten.

Eckart, sagte sie.

Herr Oschlies stand auf.

Grüß dich, Günther, sagte mein Vater.

Die Männer gaben sich die Hand. Ein leichtes, vielsagendes Grinsen lag ihnen auf den Lippen, als seien sie einander wortlos zugeneigt.

Meine Mutter griff nach dem Aschenbecher. Auf dem Couchtisch häuften sich Papiere, Blätter mit vorgedruckten Tabellen, Stundenpläne, Schmierzettel. Dazwischen standen zwei halbvolle Kaffeetassen und zwei leere Cognacschwenker.

Wir machen die Planung, sagte meine Mutter.

Sie hatte ein kleines Jubeln im Gesicht und etwas Aufmüpfiges in der Stimme. Vielleicht war sie im Planungsrausch.

Hier riecht's ja wie im Puff, sagte mein Vater.

Mein Gott, wir sind ja gleich fertig, sagte meine Mutter.

Mein Vater starrte auf den vollen Aschenbecher in der Hand meiner Mutter.

Wir gehen joggen, sagte mein Vater.

Er schlug mir mit der Außenseite der Hand auf den Oberarm und schob mich hinaus. Ich widersprach nicht, denn mich hatte das Gefühl beschlichen, daß in dieser Wohnung irgend jemand zuviel war. Daß aber mein Vater mit mir am hellichten Tag joggen gehen wollte, machte mich nicht minder stutzig. So was hatte es nun wirklich noch nie gegeben.

Als geübtes Jogging-Team hatten wir unser Lauftempo sofort gefunden. Wir liefen im Gleichschritt durch das Wohngebiet in Richtung Trümmerberg. Der Volkspark war von wildem Grün bewachsen und mitten in der Stadt eine Oase der gesunden Luft. Mein Vater hatte mir hunderte Male eingetrichtert, das Wichtigste beim Joggen sei, immer locker zu bleiben. Sein Laufstil war extrem locker, so locker, daß seine Hände bei jedem Schritt wie zwei leblose Anhängsel an den Gelenken auf und ab schlabberten. Ich machte lieber zwei Fäuste.

Woher kennst du den, fragte ich.

Wen, Herrn O, fragte mein Vater.

Ich nickte. Ich durfte nicht sprechen, sonst kam ich mit der Atmung durcheinander und kriegte Seitenstechen. Herrn O? Mein Vater hatte die alberne Angewohnheit, Leute mit Tarnnamen zu versehen; sein Adreßbuch war voll davon. Mich führte er unter Ta.

Der macht die Wehrerziehung im Stadtbezirk, zu euch kommt er auch noch, sagte er.

Mein Vater helfe ihm manchmal bei der Gewinnung des militärischen Nachwuchses. Sie gingen gemeinsam in die Klassen und suchten gezielt nach Jungs, die sich dafür eigneten, Berufssoldat zu werden.

Nicht nur meine Mutter und Herr O, auch mein Vater und Herr O schienen Kollegen zu sein.

Ist der auch bei der Armee, fragte ich.

Ich konzentrierte mich auf meinen Atemrhythmus. Zwei Schritte ein-, drei Schritte ausatmen.

Leutnant der Reserve, sagte mein Vater.

Ist das höher als du, fragte ich.

Mein Vater schlug sich mit der flachen Hand gegen die Stirn.

Was bin ich, fragte mein Vater.

Major, sagte ich.

Was war ich davor, fragte mein Vater.

Hauptmann, sagte ich.

Und davor, fragte mein Vater.

Ich sah zu ihm auf und zuckte mit den Schultern. Woher sollte ich das wissen. Außerdem wollte ich, da sich ein gemeines Seitenstechen ankündigte, sowieso keinen Ton mehr sagen. Er gab mir einen Klaps auf den Hinterkopf und verdrehte entnervt die Augen. Und dann zählte mein Vater alle Dienstgrade auf, lückenlos von unten nach oben, vom Gefreiten bis zum General, dreimal hintereinander und zum Schluß noch einmal rückwärts, damit ich es endlich kapierte. Als er mit den Schulterstücken anfing, gab ich auf. Ich genoß es, nichts mehr sagen zu müssen, überwachte meine Atmung und freute mich, daß ich kein Junge geworden war.

Es stellte sich heraus, daß Herr O im Vergleich zu meinem Vater ein schlaffes Würstchen war. Als studierter Mathe- und Physiklehrer hatte er dennoch den Hang zum Militär nie ganz ablegen können und war, da es zu einer Offizierslaufbahn nicht reichte, wenigstens Lehrer für Wehrerziehung geworden. Das bedeutete, von

Schule zu Schule zu tingeln und den neunten und zehn-
ten Klassen beizubringen, daß man seine Heimat mit
der Waffe in der Hand verteidigen muß. Im Unterricht
trug er, und wenigstens hierin war er meinem Vater
haushoch überlegen, eine richtige Uniform.

Auf den letzten hundert Metern zog mein Vater das
Tempo an. Ich haßte diese Schlußsprints, aber ich wollte
ihn nicht gewinnen lassen und zog mit.

Wir standen im Korridor, keuchten und schwitzten.
Meine Mutter brachte uns zwei Gläser Selters. Sie lä-
chelte. Herr O war verschwunden und die Wohnung tadellos aufgeräumt. Meine Mutter erkundigte sich nach
meinem Schultag und fragte sogar, welchen Weg wir
zum Joggen genommen hätten. Sie schien heute ganz für
uns dazusein.

Mitten in der Woche entfaltete sich ein harmonischer
Familiennachmittag, getaucht in den zarten Nebel von
Duett und Undine Grüner Apfel.

Tief in der Nacht erwachte ich. Es klingelte Sturm. Ich
lief in den Korridor. Mein Vater stand im Schlafanzug
an der geöffneten Tür und betätigte den Haustürsum-
mer. Wir warteten. Mir fiel ein, daß meine Mutter am
Abend eine Lehrerversammlung leiten mußte. Sie war
schon seit Tagen gereizt und unansprechbar.

Wo ist Mutti, fragte ich.

Die kommt jetzt, sagte mein Vater.

Wir hörten ein Schlurfen und Scharren. Sie mußte Mühe haben, die Treppen zu steigen.

Zuerst sahen wir den Kopf von Herrn O. Er guckte um die Ecke vom Treppenabsatz. Sein lichtes Haar war ungekämmt. Eine Strähne klebte ihm quer über der Stirn. Herr O brachte mit einiger Anstrengung meine Mutter zum Vorschein, die er fest um die Hüfte gefaßt hielt. Meine Mutter klammerte sich mit einem Arm um den Hals von Herrn O, im anderen trug sie eine große Topfpflanze. Es war eine Palme.

Scheiße, Eckart, sagte sie.

Wir sind vom Flachdach gesprungen, sagte Herr O.

Am linken Hosenbein meiner Mutter klaffte ein Riß, durch den Blut sickerte. Sie hatte sich den äußeren Oberschenkel verletzt. Mein Vater ging den beiden entgegen, nahm meiner Mutter den Topf ab und stützte sie von der anderen Seite. Die Männer hievten sie durch die Wohnungstür, die ich aufhielt. Mein Vater grinste, was mir bei diesem Anblick völlig unverständlich war. Meine Mutter jammerte und fluchte. Ihr blauer Lidschatten hatte sich hoch bis in die Augenbrauen verteilt. Die schwarze Wimperntusche mußte von Tränen über die Wangen gespült worden sein. Meine Mutter humpelte ins Wohnzimmer und plumpste mit einem lauten Seufzer auf den Teppichboden. Herr O blieb im Korridor stehen. Er hatte Schweißtröpfchen auf der Nase.

Brauchst du mich noch, fragte er.

Mein Vater schüttelte den Kopf. Herr O verließ uns mit einem schuldbewußten Lächeln. Ich schloß die Tür. Meine Mutter hatte im Wohnzimmer zu kichern angefangen.

Der Günther hat mir 'ne Palme geschenkt, sagte sie.

Ich sah schwarz für die Palme. Meine Eltern hatten kein Glück mit Pflanzen. Meine Mutter ließ sie vertrocknen; mein Vater ersäufte sie.

Ich zog meiner Mutter, die nach Zigarette und Schnaps roch, die Hose aus. Mein Vater kam mit Desinfektionsmittel und einem riesigen Pflaster aus dem Bad.

Der Günther ist ein armes Schwein, sagte meine Mutter.

Sie habe schon die ganze Zeit gehen wollen, aber ein paar Kollegen hätten nach der Versammlung mit Sekt angestoßen, da habe sie nicht einfach abhauen können. Und dann habe der Günther plötzlich eine Flasche Wodka hervorgezaubert und von seiner kaputten Ehe angefangen. Meine Mutter sprach mit schwerer Zunge und weinerlicher Stimme. Sie wirkte klein und schlapp, während sie sich von meinem schweigenden Vater verarzten ließ. Er habe ihr schluchzend in den Armen gelegen, und da habe sie ihn doch trösten müssen. Ich wußte nicht, ob ich lachen oder heulen sollte.

Mein Vater drückte das Pflaster auf dem Oberschenkel meiner Mutter fest. Sie jaulte auf.

Und wie ist das passiert, fragte ich.

Sie hätten getanzt, dann seien sie durch das Fenster auf das Flachdach über dem Eingang geklettert. Günther habe gesagt, daß er sie auffangen wolle.

Hat er aber nicht, sagte meine Mutter.

Sie wimmerte und rieb sich die verschmierten Augen. Sie sei an diesem Scheißzaun hängengeblieben.

Ich stellte mir vor, wie ein besoffenes Lehrerkollegium nachts geschlossen vom Flachdach der eigenen Schule springt. Das hätte ich denen gar nicht zugetraut.

Meine Mutter faselte, während mein Vater sie ins Schlafzimmer brachte, etwas von Schande und daß sie da nie wieder hingehen könne. Mein Vater grinste nicht mehr. Er sagte auch nichts. Es war nicht herauszukriegen, was er dachte. War er gar nicht sauer auf meine Mutter? Er haßte es doch, wenn sie rauchte. Oder wollte er sie nicht beruhigen, trösten? Aber wer hatte hier eigentlich wen warum zu trösten?

Mein Vater legte meine Mutter ins Bett. Sie schlief schon. Ich stand in der Tür.

Geh schlafen, sagte mein Vater.

Ich verstand. Jetzt war nicht der Moment, Fragen zu stellen.

Als ich nach Hause kam, roch es nach Zigarettenrauch. Der Undine-Duft fehlte. Mein Vater war auf Dienstreise gefahren, irgendwohin, mit irgendwem, wegen irgend etwas Wichtigem. Der braune Vorhang war offen. Roger Whittaker sang. Ich ging auf Socken ins Wohnzimmer.

Auf der hellen Auslegware saßen meine Mutter barfuß im Schneidersitz und Herr O seitlich auf einer Pobacke. Über seinem Hosenbund zeichnete sich ein kleiner Bauch ab. Der Teppichboden war überdeckt von beschriebenen Blättern, Fotos, Umschlägen. Meine Mutter und Herr O saßen in Hunderten von Briefen.

Ich trat näher. Meine Mutter stellte, die Wangen rot und hitzig, das Sektglas auf der Erde ab.

Wir suchen eine neue Frau für Günther, sagte sie.

Herr O blickte mich freundlich von unten durch die Brillengläser an.

Deine Mutti hilft mir sehr, sagte er.

Ich sagte nichts, weil mir nichts einfiel. Auf den Fotos waren Frauen, lächelnde, geschminkte, frisierte Frauen. Manche standen auf Wiesen, manche hatten Kinder im Arm, manche trugen Brillen.

Wir müssen systematisch vorgehen, sagte meine Mutter.

Ich merkte, daß ich störte. Ich ging in mein Zimmer und setzte mich aufs Bett. Ich hatte davon gehört, daß Leute Annoncen aufgaben; ich hatte auch welche in Zeitschriften gelesen und mir ausgedacht, was sich hinter den vielen rätselhaften Abkürzungen verbergen könnte. Ich hatte mich gefragt, was das für Menschen waren, die es nötig hatten, eine Kontaktanzeige aufzugeben. Jetzt kannte ich einen. Die Tatsache aber, daß dieser Mensch mit meiner Mutter in einer Unmenge von Frauenfotos und Briefen saß, machte mir zu schaffen. Was hatte so jemand bei uns zu suchen? Und wie um alles in der Welt wollte meine Mutter in diesem Papierwust die richtige Frau für Herrn O finden?

Ich schlich in den Korridor und lauschte. Meine Mutter kicherte. Herr O lachte laut mit seiner tiefen Stimme.

Ich kann doch keine Schuhverkäuferin nehmen, sagte Herr O.

Du bist aber auch wählerisch, sagte meine Mutter.

Ich stellte mich dicht an die Wand und schob vorsichtig eine Gesichtshälfte in den Türrahmen. Sie bemerkten mich nicht. Mit einem Auge sah ich, daß meine Mutter die Briefe auf verschiedene Stapel sortierte. Herr O hatte sich hingelegt und sich eine Zigarette angesteckt. Er sah meiner Mutter amüsiert zu.

Jetzt begriff ich. Herr O würde, da konnte meine Mutter sortieren, was sie wollte, keine neue Frau finden. Er würde keine finden, weil er keine andere als meine Mutter liebte. Meine Mutter aber hatte sich auf Herrn Os Annonce nicht gemeldet, weil sie glücklich mit meinem Vater verheiratet war. Sie ließ sich von Herrn O umschwärmen, ließ sich zum Trinken verleiten, ließ sich

Palmen schenken, aber sie würde ihn niemals gegen meinen Vater eintauschen, weil Herr O nämlich Leutnant der Reserve, ein armes Schwein und Raucher war. Außerdem war Herr O, wie ich neulich von meiner Mutter erfahren hatte, schwerbehindert. Er hatte sie spontan zu einem Opernbesuch eingeladen. Die Vorstellung war ausverkauft. An der Abendkasse stand eine lange Schlange. Kurzerhand ging Herr O an den Wartenden vorbei bis zur Kasse, wobei er schlimm hinkte. Zweimal schwerbeschädigt, sagte er und erhielt widerspruchslos zwei Karten. Meine Mutter erzählte es mir am nächsten Morgen beim Frühstück, nachdem mein Vater zur Arbeit gegangen war. Sie sprach voller Rührung und Stolz, und dann zündete sie sich eine Duett an.

Ich schlich in mein Zimmer zurück. Meine Mutter, das war klar, würde kein schwerbehindertes Reserve-Schwein nehmen. Ich stellte mir trotzdem vor, wie Herr O als Vater wäre. Zumindest die tiefe, ruhige Stimme, die etwas wie Geborgenheit versprach, hätte ich gemocht.

Es war soweit. Ich war in die neunte Klasse gekommen und von Duett auf Club umgestiegen. Mein Herz schlug heftig, als Herr O den Klassenraum betrat. Er sah schick aus in der Uniform. Er legte seine Aktentasche auf dem Lehrertisch ab und schaute in die Klasse. Als sich unsere Blicke trafen, grinste er mir kurz zu, ge-

41

nau so, wie sich damals mein Vater und er begrüßt hatten. Ich wurde rot, aber niemand bemerkte es.

Herr O sprach von der NATO und vom Warschauer
Vertrag. Auf seinen Schulterstücken waren zwei Sterne.
Mein Vater hatte neuerdings auch zwei Sterne, allerdings waren die Schulterstücke geflochten. Herr O
sagte, daß alle friedliebenden Kräfte gebündelt werden
müßten, um die Errungenschaften des Sozialismus zu
verteidigen. Seine Stimme klang warm und friedlie-
bend. Die anderen hörten ihm gar nicht zu.

Herr O schaltete den Diaprojektor ein. Er ging von
Fenster zu Fenster und zog die schweren Vorhänge zu.
Er wolle uns zeigen, zu welchen Greueltaten der impe-
rialistische Aggressor fähig sei. Die anderen fingen an,
Schiffeversenken zu spielen. Im abgedunkelten Raum
sah sie der Lehrer nicht. Es war zugegebenermaßen
nicht sonderlich neu, was Herr O uns mitzuteilen hatte,
aber hörten sie denn nicht, wie er es sagte, mit was für
einer Stimme?

Auf dem ersten Dia war ein Atompilz. Ich sah an-
gestrengt auf das Bild, um das Desinteresse der anderen
auszugleichen. Auf dem zweiten Dia waren Kinder mit
Mißbildungen. Herr O tat mir leid. Bestimmt spürte
er, wie wenig er die anderen beeindruckte. Ich konzentrierte mich auf die verkrüppelten Monster. Mir wurde
flau im Unterleib. Ein Kribbeln breitete sich aus. Auf
dem dritten Dia war ein Mann, dessen Körper von

Brandblasen übersät war. Herr O sagte etwas von Menschenwürde. Mein Puls beschleunigte sich. Das Gesicht des Mannes war vom Schmerz verzerrt. Ich fing an zu zittern und atmete flach. Rohes Fleisch hing ihm von den Knochen. Das Kribbeln kroch vom unteren Rücken hinauf und erfaßte den ganzen Körper. Kalter Schweiß brach mir aus. Der blutrote Mann verschwamm vor meinen Augen. Herrn Os ruhige Stimme entschwand in die Ferne. Ich sah schwarz. Ich hörte nichts mehr. Ich glitt ins Bodenlose.

Als ich erwachte, war es hell und frisch. Ich blickte in den Himmel. Die schweren Vorhänge waren aufgezogen und die Fenster weit geöffnet. Ich lag auf dem Boden. Die Gesichter der anderen schwebten über mir. Käseweiß, sagte jemand. Das Gesicht von Herrn O kam näher. Auf seiner Nase glänzten Schweißtröpfchen. Er sprach zu mir, mit großen, gutmütigen Augen und einer von Sorge erwärmten Stimme. Genau so mußte er sich über meine Mutter gebeugt haben, nachdem sie vom Flachdach gesprungen war. Meine Mutter und ich, wir lagen unpässlich unter ihm, und Herr O schaute mit einem Gesicht zu uns hinab, als sei das alles ganz allein seine Schuld.

Ich wollte aufstehen. Herr O half mir. Er stützte mich an Ellbogen und Hüfte. Er brachte mich ins Lehrerzimmer und setzte mich behutsam auf die Couch.

Ich rufe deine Mutti an, sagte er.

Meine Mutter hatte die Schule gewechselt und vier Jahre als Direktorin gearbeitet, bevor sie entlassen wurde. Mein Vater hätte es, wäre die Armee nicht aufgelöst worden, bis zum Generalmajor gebracht. Ich hatte ein Studium begonnen und besuchte meine Eltern alle zwei, drei Wochen.

Mein Vater saß in der Couchecke und las die Zeitung. Ich saß meiner Mutter gegenüber am Eßtisch. Sie hatte die Beine hochgelegt.

Herr O ist gestorben, sagte sie.

Was, sagte ich.

Thrombose, Gefäßverschluß, sagte sie.

Mein Vater faltete die Zeitung zusammen und stand auf. Ich ging zur Schrankwand und suchte die Roger-Whittaker-Platte. Ich fand sie. Der Geruch von Duett und Undine Grüner Apfel stieg mir in die Nase. Ich traute mich nicht, die Platte aufzulegen.

Mein Vater kam mit der Gießkanne herein. Sie glänzte. Er hatte sich angewöhnt, die Kanne wöchentlich mit einer Essiglösung abzureiben, damit kein Kalk ansetzte. Langsam ging er am Fenster entlang und ließ den dünnen Wasserstrahl in die Übertöpfe laufen. Den Pflanzen ging es schlecht wie immer. Das viele Wasser gab ihnen den Rest. Die Wurzeln faulten, blaßgrüne und hellgelbe Blätter hingen schlaff über die Topfränder, da half eine polierte Gießkanne gar nichts. Allein die Palme gedieh prächtig. Mein Vater hatte sie umtopfen und wegen ihrer Größe vom Fensterbrett auf die Erde stellen müssen. Doch auch das hatte nicht gereicht. Ihre Blätter waren in die Höhe geschossen, üppig, tiefgrün, kerngesund, bis sie wiederum an die Decke des Wohnzimmers stießen. Daraufhin hatte mein Vater dort oben eine Vorrichtung aus Haken und Schnüren konstruiert, die das Wuchern der Palme zwar nicht aufhalten, es aber ein wenig lenken konnte.

Meine Mutter brachte das Abendbrot aus der Küche. Es gab Bratkartoffeln mit Spiegelei. Wir setzten uns an den Eßtisch, unter ein Dach aus Palmenblättern. Mein Vater öffnete eine Flasche Bier.

Gehst du zur Beerdigung, fragte ich.

Nein, sagte meine Mutter.

DER BRIEF

Herr Schellhorn verschränkte, nachdem er uns die schriftliche Physikaufgabe gegeben hatte, die Arme auf dem Lehrertisch und legte seinen Kopf darauf ab. Er tat das in letzter Zeit öfter. Die anderen kicherten immer, aber ich war überzeugt davon, daß es ihm wirklich schlechtging. Aus dem Dederonkittel ragte ein faltiger Hals und darauf wackelte hohlwangig der Kopf – graue Haut, gelbe Zähne, weiße Lippen; die Augen lagen tief in ihren Höhlen und hätten einer Taube gehören können. Es gelang Herrn Schellhorn immer weniger, seinen Kopf zu tragen.

Ich hatte schon lange aufgehört, die Gesetze der Physik begreifen zu wollen, und betrachtete, während die anderen an ihren Füllerenden kauten und das Tafelwerk wälzten, den Lehrer. Zeige- und Mittelfinger der linken Hand, die auf dem Ellenbogen ruhte, waren gelb verfärbt, bräunlich, fast orange, nein, jetzt fällt mir die Farbe wieder ein, von deren Namen ich zum ersten Mal im Kunstunterricht gehört habe: Die Finger meines Physiklehrers waren bis unter die Nägel ocker. Bestimmt hatte Herr Schellhorn Lungenkrebs.

Begegnete man ihm auf den Gängen im Schulhaus und grüßte ihn, nickte er geistesabwesend zurück; lieber schien es ihm zu sein, man grüßte nicht und ließ ihn unbeachtet vorbeiziehen. Obwohl er der Parteisekretär der Schule war, hörte ich ihn kein einziges Mal etwas Politisches sagen; überhaupt sprach er wenig, und wenn, dann leise und nur über Physik. Ich fragte mich, wie so einer Parteisekretär sein konnte. Er müßte doch diskutieren, agitieren, gestikulieren. Aber Herr Schellhorn legte nur stillschweigend seinen Kopf ab. Vielleicht ging es ja auf den Versammlungen hinter der Lehrerzimmertür um so heftiger zu. Dort, wo wir es nicht sahen, würde Herr Schellhorn schon aktiv werden, er würde vom Stuhl aufspringen, energisch das Wort ergreifen und in einer feurigen Rede die Herzen aller gewinnen.

Die Tür des Physikkabinetts wurde ohne Anklopfen geöffnet. Beinahe wäre mir ein warnendes *Kopf hoch, Herr Schellhorn!* entwischt, aber der Blick unseres stellvertretenden Direktors und Staatsbürgerkundelehrers, Herrn Romberg, hatte mich schon getroffen.

– Tanja! Mitkommen!

Ich schrak auf und errötete. Sobald mich jemand beim Namen rief, kam ich mir schuldig vor und wurde rot. Die anderen kicherten, und ich sah, als ich schwitzend und mit einem hohlen Gefühl im Bauch zur Tür ging, Herrn Schellhorn ins Gesicht.

Auf dem Flur schlug Herr Romberg nicht wie sonst diesen kumpelhaften Ton an, mit dem er signalisierte, wie sehr er mit mir, oder besser gesagt, mit meinem Elternhaus einverstanden war. Diesmal tat er so, als wäre ich Luft, und schnaufte nur, während ich mich bemühte, neben ihm Schritt zu halten. So laut war mir sein Schnaufen noch nie vorgekommen. Aber er hatte nicht nur eine zu trockene Nase, es fehlte ihm auch an Spucke. In seinen Mundwinkeln sammelte sich im Laufe des Tages ein weißes Sekret. Hatten wir gleich in der ersten Stunde Staatsbürgerkunde, ließ es sich noch aushalten. Mittags spann das Sekret schon Fäden zwischen Ober- und Unterlippe. Am schlimmsten war es nachmittags in der Arbeitsgemeinschaft über Anton Saefkow, die gottseidank nur jeden zweiten Mittwoch stattfand. Das Sekret wechselte dann vom flüssigen in einen festen Zustand. Herr Romberg trank zuwenig und redete zuviel. Bloß jetzt sagte er nichts.

Worum geht es denn, fragte ich in das Schweigen. Meine Stimme zitterte. Das würde ich gleich sehen, sagte Herr Romberg. Und schwieg wieder.

Frau Griebsch saß in der Mitte des Zimmers hinter dem Schreibtisch. Sie war dick, lachte nie und trug eine Hornbrille. Wir hatten Respekt vor unserer Direktorin. Herr Romberg setzte sich auf einen abgeschabten Polsterstuhl an der Wand. Ob das sein Stammplatz war? Ich blieb stehen. Die Couchecke mit den zwei Ses-

seln aus Kunstleder war wohl kaum für mich vorgesehen.

Wissen deine Eltern von dem Brief, fragte Frau
Griebsch.

Sie holte aus ihrer Schublade drei Schreibmaschinenseiten und hielt sie mir vors Gesicht. Das war mein
Brief, so, wie ich ihn gestern abend geschrieben hatte,
mit zwei Durchschlägen. Das Original hatte ich an das
Ministerium für Volksbildung geschickt und den ersten
Durchschlag heute morgen Frau Gawiol gegeben. Aber
wie kam Frau Griebsch zu meinem Brief?

– Ob deine Eltern von dem Brief wissen!

– Ja.

Ich suchte nach den Augen hinter der Hornbrille.

– Und? Was sagen sie dazu?

– Sie finden ihn gut.

– Aha. Und du hast ihn schon abgeschickt. Ans
Ministerium.

Ich nickte.

Frau Griebsch sah Herrn Romberg an. Der senkte
den Blick und schnaufte.

– Aber vorher hat mein Vater den Brief mit mir
überarbeitet.

Das war eine Lüge, doch allein fühlte ich mich der
Lage nicht mehr gewachsen. Frau Griebsch mußte irgend etwas in den falschen Hals gekriegt haben. Nur
mein Vater konnte mich jetzt retten.

Soso, sagte Frau Griebsch, und auf einmal sah ich ihre winzigen Augen hinter der Hornbrille aufblitzen. Sie brüllte nicht, sie preßte die Worte zwischen ihren zusammengebissenen Zähnen hervor.

– Beim nächsten Mal könntest du uns vielleicht vorher informieren!

Ist gut, sagte ich und biß mir auf die Zunge. Ich hatte einsichtig sein wollen und aus Versehen eine weitere Frechheit von mir gegeben. Aber Frau Griebsch wies mir schon die Tür. Ein nächstes Mal, soviel war mir auf Anhieb klargeworden, würde es nicht geben.

Ich ging langsam den Schulflur entlang. Herr Romberg faßte mich bei der Schulter und drehte mich zu sich um. Gerade von mir habe er ein so hinterlistiges Vorgehen am wenigsten erwartet, er bestehe darauf, daß ich den Brief zurücknehme, und zwar gegenüber dem Ministerium, gegenüber Frau Griebsch, gegenüber meinen Eltern und vor allem auch ihm gegenüber. Dieser Brief sei eine üble Verleumdung, ein Vertrauensbruch, er sei enttäuscht von mir und wisse jetzt, wie er sich in Zukunft zu verhalten habe.

Ich setzte mich auf den Treppenabsatz. Ich fühlte, wie heiß mein Gesicht war, als ich den Kopf in die eiskalten Hände legte. Mir war schlecht. Warum hatte sie das getan? Warum hatte Frau Gawiol den Brief einfach an die Direktorin weitergegeben? Brühwarm sozusagen. Ich hatte doch beim Schreiben die ganze Zeit an sie gedacht. Sie war es doch, die uns mit roten Wangen die aufregenden Geschichten erzählte, die nicht im Lehrbuch standen. Von den LKWs, die die Partei damals aufs Land schickte, damit sie die Bauern so lange mit russischer Marschmusik beschallten, bis sie sich zermürbt, aber geschlossen zum LPG-Beitritt bereit erklärten. Ich hatte den Brief geschrieben, weil ich es Frau Gawiol gleichtun wollte. Ich hatte ihr heute morgen den Brief gegeben, nur ihr, weil ich mir wünschte, daß sie mich mochte. Ja, ich hatte mir sogar ein Lob erträumt.

Es klingelte. Meine Sachen lagen noch im Physikkabinett. Ich rannte die Treppe hoch und schloß mich den anderen an, die für den Rest dieses Montags noch eine Etage höher zogen – zwei Stunden Russisch, dann Schluß.

Am Abendbrottisch erzählte ich meinen Eltern von der Vorladung ins Sekretariat. Ich hörte, wie meine Mutter die Gabel auf den Teller warf, bevor ich von meinem aufschaute. Sie hatte abrupt zu kauen aufgehört. Mit halbvollen Backen sandte sie mir und meinem Vater, der ungerührt weiteraß, abwechselnd vorwurfsvolle Blicke. Dann platzte sie. Warum ich auch solche Briefe schreiben müsse, statt am Wochenende mit auf die Datsche zu fahren. Ich hätte wohl was Besseres zu tun, ich solle Physik lernen oder den vollgeschissenen Karnickelstall ausmisten. Für sie sei das besonders peinlich, schließlich sei sie als Direktorin der Nachbarschule mit meinen Lehrern bekannt. Das Ministerium werde sich ganz bestimmt an sie wenden. Und das, wo der nächste Pädagogische Rat vor der Tür stehe. Und mit dem Romberg komme sie sowieso nicht klar, mit diesem Schleimer!

Mein Vater aß und schwieg. Meine Mutter stand auf. Sie mußte sich bewegen. Jetzt holte sie gegen ihn aus, von oben und mit spitzem Zeigefinger.

– Du hast ihr doch wieder erlaubt, zu Hause zu bleiben! Du hast den Brief doch gelesen! Du wolltest ihn doch überarbeiten! Aber dir ist ja alles egal, du bist ja über alles erhaben! Hör auf zu grinsen, Genosse Oberst!

Sie rannte ins Schlafzimmer. Die Tür knallte zu, der Schlüssel drehte sich laut im Schloß. Mir war klar, daß sie heulte.

Es stimmte, mein Vater hatte wirklich zu grinsen angefangen, und auch mich grinste er jetzt an. Aber das war alles. Warum unternahm er nichts? Warum half er mir nicht? Wo blieb das leise, erlösende *Ich mach das schon,* das mir alle Last von den Schultern nahm? Ohne seine Rückendeckung hätte ich den Brief doch niemals abgeschickt. Warum griff er nicht nach seinem Adreßbuch und rief irgendeine dieser Nummern an, die hinter den Decknamen standen? Wieso saß er bloß da und grinste? So hatte er mich noch nie auflaufen lassen. Aber wenigstens brüllte er nicht, und darum hielt ich mich, verlassen wie ich mir vorkam, an seiner woher auch immer sich speisenden Stärke fest.

Wir hätten doch die Spitzen rausnehmen sollen, sagte mein Vater.

Er tat sich noch eine Portion Bratkartoffeln auf und goß sich den letzten Rest Bier ins Glas.

Gestern abend hatte er nach dem Lesen des Briefes anerkennend genickt und vorgeschlagen, alles so zu belassen, bloß *ein paar Spitzen rauszunehmen*. Aber das hatte ich nicht gewollt. Mein Brief war gut, und er würde Frau Gawiol gefallen, dessen war ich sicher. Außerdem hätte ich, wenn wir *ein paar Spitzen rausgenommen* hätten, das Ganze noch mal abtippen müssen. Also hatte ich das Original unter den Fingern meines Vaters hervorgezogen, hatte es in den Umschlag gesteckt, ihn an das Ministerium für Volksbildung adressiert und mir die Stiefel zugebunden. Ich war stolz auf mich und meinen Vater gewesen, und ich wußte, daß mein Vater stolz auf sich und mich war. Auf dem Rückweg vom Briefkasten hatte ich mir eine Sieger-Zigarette angesteckt.

Jetzt räumten wir stumm den Abendbrottisch ab.

Abwarten, sagte mein Vater und schlug die Zeitung auf. Es würde nicht lange dauern, und meine Mutter würde sich beruhigt haben und aus dem Schlafzimmer kommen.

Ich ging in mein Zimmer. Hätte ich geahnt, was ich mit diesen drei Schreibmaschinenseiten lostreten würde, hätte ich freiwillig alle Spitzen rausgenommen, die ich hätte finden können, so lange, bis die Blätter wieder weiß und unbeschrieben vor mir gelegen hätten.

Ich beschloß, mich morgen wegen Regelbeschwer⸗ den von der Schule zu entschuldigen; in der ersten Stunde würden wir Sport haben, bei Frau Gawiol, das paßte. Obwohl es erst halb acht war, knipste ich das Licht aus, wickelte mir einen Schal um den Hals und zog die Bettdecke über den Kopf.

Drei Tage später hörte ich in der großen Pause einen schrillen Pfiff und dann ein gebrülltes *Tanja!.* Ich wurde rot, drehte mich um und sah in einiger Entfernung Frau Gawiol auf dem Flur, wie sie mir mit dem Arm be⸗ deutete, zu ihr zu kommen. Ich schob mich durch die Schüler auf sie zu. Sie hatte ein paar Hefter und ein Ge⸗ schichtsbuch bei sich, trug Turnschuhe und Trainings⸗ anzug, um den Hals die Trillerpfeife aus Metall. Mit ihren roten Wangen sah Frau Gawiol immer gesund aus. Als ich vor ihr stand, fiel mir zum ersten Mal auf, daß ich ein ganzes Stück größer war als sie. Frau Gawiol sprach sehr leise.

– Hör zu, wie kannst du das, was ich euch im Unterricht erzähle, auf eigene Faust verwenden! Noch dazu völlig aus dem Zusammenhang gerissen! Wer, glaubst du eigentlich, daß du bist! So was Abgebrüh⸗ tes wie dich hab ich in meinen ganzen zwanzig Lehrer⸗

jahren nicht erlebt! Das ist das Letzte, mein Fräulein, das Letzte!

– So hab ich das nicht gemeint…

– Nicht so gemeint? Die Geschichte kennt für dein Vorgehen einen Begriff, mein Fräulein, und dieser Begriff heißt Verrat!

Die Worte zischten aus Frau Gawiol hervor, und es war, als kröche sie dabei von schräg unten in mich hinein, bucklig, mit schiefem Kopf. So nah waren wir uns noch nie gekommen. Und obwohl mir die Tränen den Blick verschleierten, sah ich plötzlich, daß die roten Wangen, die mir so gefielen, gar keine roten Wangen waren. Es waren Hunderte dunkelroter geplatzter Äderchen, die ihr Gesicht zu beiden Seiten wie ein Netz überzogen; eine hysterische Krakelei bedeckte Frau Gawiols Gesicht, eine raffinierte Kriegsbemalung, die den Feind aus der Ferne mit leuchtendem Rot täuschte, ihn anlockte, um ihn von Nahem das Fürchten zu lehren.

Während Frau Gawiol zischte und ich heulte, war die Sirene eines Krankenwagens immer lauter geworden. Zwei Sanitäter rannten mit einer Trage die Treppe hinauf und kamen nun wieder hinunter, auf der Trage den kreidebleichen Herrn Schellhorn mit geschlossenen Augen, dem ein paar wenige, neugierige Schüler Spalier bildeten. Die Sanitäter verließen, Herrn Schellhorn zwischen sich, das Schulgebäude durch den Haupteingang. Ob er sterben würde?

Frau Gawiol setzte nochmals an.

– Ich soll dir von Frau Griebsch mitteilen, daß sich ein Vertreter des Ministeriums in der Schule angekündigt hat. Er wird in Anwesenheit der Direktorin ein Gespräch mit dir führen. Mittwoch, Punkt fünfzehn Uhr im Sekretariat. Und ich rate dir, den Mund zu halten, wenn du nicht alles noch schlimmer machen willst! Ist das klar!

– Ja.

– Und jetzt ab auf den Hof!

Frau Gawiol lief los. Ich ging zur Hoftür.

– Und Tanja! Im Blauhemd!

Ich drehte mich um und nickte so heftig, daß sie es von weitem noch sah.

Irgendwer mußte mit irgendwem telefoniert haben. Bestimmt Frau Griebsch mit meinem Vater, der mit dem Ministerium und das Ministerium mit Frau Griebsch. Oder auch nicht, wer konnte das schon wissen. Jedenfalls hatte mir bis jetzt kein Mensch auf meinen Brief geantwortet. Aber nun gab es diesen Termin.

Am Abend vor dem Mittwoch konnte ich nicht einschlafen. Es war kurz vor Mitternacht. Ich lag im Bett und las den Brief zum hundertsten Mal durch. Der zweite Durchschlag, den ich behalten hatte, war kaum lesbar, Buchstaben wie Schatten, die Punkte Löcher. Ich konnte den Brief längst auswendig, Wort für Wort,

Satz für Satz, aber je öfter ich ihn las, um so fremder wurde er mir. Es war, als hätte ihn jemand anders geschrieben.

Wie sonst den Physikhefter legte ich heute nacht den Brief unter mein Kopfkissen, wickelte wieder den Schal um den Hals, knipste das Licht aus und zog die Bettdecke über den Kopf.

Ich hatte das, was mich bewegte, nicht ausdrücken können. Es ist nichts weiter als ein Bild, ein Bild aber, das mich, seit ich es in einem Theaterstück aufgegabelt habe, nicht mehr losläßt: Ich sehe Hunderte Soldaten über das Schlachtfeld rasen und nach ihren Müttern schreien. Im Rücken die Front, die Heimat vor Augen. Dann fängt die Geschichte an zu fließen, gerät in Bewegung und nimmt mich mit. Ich leihe den Soldaten meine eigene Angst, und wir laufen los, über tote Körper, über verdorrtes Land, über Wiesen, durch Felder, vorbei an Figuren auf Sockeln, Vitrinen mit aufgeschlagenen Büchern und gestellten Siegerfotos, an einem Helden im Glassarg; wir rennen neben einem Zug her, mit dem meine Oma aus Breslau kommt, zwei Koffer und vier Kinder hat sie dabei, drei an der Hand und eins im Bauch, das ist meine Mutter, sie spielt auf dem Bunker im Maisfeld neben den Gleisen, mein Opa kehrt aus dem Lazarett heim, mit Sträflingsanzug und Holzbein, er nimmt meine Mutter auf den Schoß, so kränklich, so schwach, ein Kriegskind bist du, die Sowjets geben dir Zuckerwürfel und lachen dich an, iß nur, mein Kind, wir werden Tauben züchten, es ist vorbei, vorbei.

Hatte ich überhaupt geschlafen? Ich steckte das Blauhemd neben die Hefter; ich paßte auf, es nicht zu zerknittern.

Sieben Schulstunden zogen an mir vorüber. Zehn Minuten vor drei klopfte ich an die Sekretariatstür. Ich klopfte ein zweites Mal, jetzt kräftiger. Herr Romberg öffnete. Das weiße Sekret in seinen Mundwinkeln war schon zur Paste geworden. Er ging vor mir her zum Direktorenzimmer. Ich trat ein und sah eine Couchecke voller Menschen. Auf dem Tisch standen halbleere Kaffeetassen, Seltersgläser, Kekse; es hatte Heiterkeit geherrscht, ich merkte es, doch nun zeigten sie ernste Mienen.

Das Blut stieg mir in den Kopf und fing an zu rauschen. Frau Griebsch erhob sich aus ihrem Sessel und stellte mir den Mann vom Ministerium vor. Der stand ebenfalls auf. Seinen Namen konnte ich durch das Rauschen in meinem Kopf nicht hören. Ich gab ihm meine Hand. Sie war feucht.

– Guten Tag.

Ich war nicht sicher, ob der Mann mich verstanden hatte, denn ich fühlte einen enormen Druck auf den Ohren, so wie im letzten Sommer, als wir mit dem Flug zeug ans Schwarze Meer geflogen waren, und meine Stimme hallte in mir wider, als würde mein Kopf in einer unsichtbaren Kapsel im Weltall kreisen.

Ich danke Ihnen für Ihren Brief, ich habe ihn gelesen, sehr interessant, sagte, wenn mich mein Rauschen nicht täuschte, der Mann vom Ministerium und setzte sich wieder.

Tanja ist alles in allem eine sehr gute Schülerin, sagte Frau Griebsch. Der Mann und Frau Griebsch lächelten, und ich wagte es, nun genauer zur Couch zu sehen. Da saßen Frau Gawiol mit ihren roten Wangen und Herr Romberg, die mir aufmunternd zulächelten, und in ihrer Mitte klemmte mit vor der Brust verschränkten Armen und gesunkenem Kopf Herr Schellhorn im taubenblauen Kittel. Ihm hätte ich gerne zugelächelt, aber Herr Schellhorn sah mich nicht. Herr Schellhorn saß bleich und stumm auf der Couch, die Augen halb geschlossen, wie ein Toter. In dieser Sekunde wurde uns allen klar, daß ich noch immer herumstand, daß alle anderen saßen und kein Platz mehr frei war. Auf eine winzige Kopfbewegung von Frau Griebsch hin sprang Herr Romberg auf, holte seinen abgeschabten Polsterstuhl und schob ihn mir in die Kniekehlen.

– Danke.

Ich saß. In meiner Kapsel hallte es. Ich hörte jetzt Fetzen wie *Engagement doch begrüßenswert, Schüler richtig lenken, Fragen erlaubt, keine Duckmäuser erziehen, hin und wie-*

der der Tonfall, immer ein offenes Ohr, eventuelle Mißverständ-
nisse ausgeräumt.

Keine grimmigen Blicke und kein vorwurfsvolles Schnaufen. Und niemand bestand auf der offiziellen Entschuldigung, die ich gestern nacht vorbereitet hatte, allein, unter der Decke, ohne meinen Vater.

Während die Erwachsenen sich aussprachen und ich ein möglichst nettes Gesicht mit einem Schuß Hundeblick machte, befiel mich ein seltsamer Gedanke: Warum hatte Frau Gawiol, als Herr Schellhorn aus dem Schulhaus getragen worden war, ohne Kommentar weitergesprochen? Und warum hatte Herr Romberg, als er mich aus dem Physikkabinett geholt hatte, nichts unternommen? Er mußte doch gesehen haben, wie zusammengefallen Herr Schellhorn dasaß, die Arme auf dem Lehrertisch, den Kopf auf den Armen. War ich denn weit und breit die einzige, die sich Sorgen um ihn machte? Und jetzt, wo Herr Schellhorn matt und reglos zwischen ihnen auf der Couch saß, wieso taten sie nichts? Es war, als nähmen sie ihn gar nicht wahr. Tag für Tag schleppten sie diese krepierende Gestalt mit und ignorierten sie dabei aus Leibeskräften.

Der Mann vom Ministerium stand auf, dann Frau Griebsch, dann alle anderen. Man schüttelte sich die Hände, wünschte einander alles Gute. Frau Griebsch und Herr Romberg brachten uns zur Sekretariatstür wie ein Ehepaar seine alten Freunde. Keine Viertelstunde war ich da drin gewesen. Frau Gawiol flitzte los, Herr Schellhorn schlich davon, und auf einmal war ich mit dem Mann vom Ministerium allein. Er führte mich zum Haupteingang und hielt uns beiden die Tür auf.

– Und? Wie fanden Sie das Gespräch?

– Kurz.

Der Mann lachte.

– Ihr Brief hat in unserer Abteilung sofort die Runde gemacht. Daß ein Schüler auf unsere Bücher reagiert, das gab's noch nie. Sonst holen sie immer nur die Meinung der Lehrer ein, auf extra organisierten Tagungen.

Wir waren vor dem Schuleingang stehengeblieben. Die frische Luft tat gut, das Rauschen ließ allmählich nach.

Ehrlich, sagte ich, hier in der Schule habe ich nur Ärger gekriegt.

Der Mann stellte seinen Aktenkoffer ab und knotete sich den Mantel zu.

Jeder muß sich absichern, sagte er. Ich nickte, obwohl ich eigentlich nicht verstand, was er damit meinte. Er hatte eine warme Stimme.

Und dann erzählte ich. Ich erzählte von Frau Gawiols Anekdoten, die viel spannender waren als der Lehrstoff, und vom Theater, das viel lebendiger war als der Unterricht, und sogar von den Westhosen, die tausendmal besser aussahen als unsere, und während ich sprach, schlugen meine Zähne aufeinander, weil ich nur das Blauhemd unter dem Anorak trug, aber ich sprach und sprach und verstummte erst, als es auf einmal dunkel geworden war und wir plötzlich Einblick in den einzigen Raum der Schule hatten, in dem noch Licht brannte. In dem kleinen erleuchteten Viereck sahen wir Frau Griebsch am Schreibtisch sitzen und Herrn Romberg, der aus der Schrankwand zwei Cognacschwenker und eine Flasche hervorholte. Es war wie ein Schattenspiel auf dem Jahrmarkt. Er schenkte ein und reichte ihr ein Glas. Sie legten die Köpfe weit in den Nacken und tranken.

Der Mann vom Ministerium drückte mir fest die Hand. Ich solle ruhig mal wieder schreiben, schließlich hätte ich doch noch ein paar Jahre Geschichtsunterricht.

Ja, mal sehen, sagte ich. Dann rannte ich los, schlotternd und glücklich.

RUCKEDIGU

Der Flur, an dessen Wänden die gerahmten Urkun⸗
den hingen, war schmal, so schmal, daß immer
nur einer sich darin anziehen konnte. Ich sah durch den
Spalt der Küchentür, wie mein Opa Walter eingeengt
zwischen Mänteln auf dem Hocker saß und sich die
Schuhe schnürte. Es waren die einzigen, die mein Opa
besaß, maßangefertigte Stiefel mit unendlich langen
Schnürsenkeln. Er begann mit dem linken, dem Holz⸗
fuß. Er umwand Haken für Haken und zog die Bänder
straff. Als er oben an der Holzwade angekommen war,
machte er eine feste Doppelschleife und streifte die derbe,
ausgeblichene Kordhose über das braune Kunstleder.
Mein Opa entdeckte mich im Türspalt. Ruckedigu,
sagte er. Ich lachte. Für den rechten Fuß brauchte er we⸗
niger Zeit. Mein Opa schob sich mit einem kleinen
Schwung vom Hocker hoch, knöpfte die Jacke zu bis
zum blassen, faltigen Hals und rückte sich vor dem Gar⸗
derobenspiegel die Schiebermütze auf der Glatze ge⸗
rade. Er ging in die Garage. Ich hörte die Tür langsam
und schwer ins Schloß fallen. Jetzt war ich dran. Ich
schlüpfte in Stiefel und Anorak, wickelte den Schal um

und band mir die weiße Fellmütze unterm Kinn zu. Ich zerrte an der eisernen Türklinke und stand draußen. Die Luft war kalt und roch verbrannt. Ich konnte meinen Atem sehen. Auf den Gleisen vor der Haustür quietschten die Schrottwaggons. Gemächlich fuhren sie ins Stahlwerk ein. Am Ende des letzten Waggons hielten sich zwei Männer mit orangefarbenen Helmen und Westen auf den Trittbrettern aufrecht, umfaßten mit Handschuhen rostige Stangen. Einer hob fröhlich die Hand zum Gruß. Sein Gesicht war rußverschmiert. Mein Opa grüßte zurück. Er hatte die Hälfte des Weges hinter sich. Ich rannte an ihm vorbei und wartete an der Garagentür, die mit dunkelgrauer Dachpappe beschlagen war.

Die Garage war ein Schuppen, ein niedriges Bretterkabuff, das genau um das Fahrzeug herumpaßte. Mein Opa öffnete das Vorhängeschloß, schob die beiden Türflügel weit auf und klemmte mit dem Holzfuß die Keile darunter fest. Er quetschte sich am Fahrzeug vorbei ins Dunkel. Ich stand zwei, drei Meter entfernt und beobachtete, wie er das Fahrzeug rückwärts aus der Garage bugsierte. Er griff mit der linken Hand an die Einfassung der Frontscheibe, mit der rechten langte er durch die losgeknöpfte Klarsichtplane ins Innere, an den Lenkknauf, und stemmte sich mit dem Gewicht nach hinten. Wegen der schiefen Körperhaltung zog er das Holzbein stärker nach. Mein Opa rollte das Fahrzeug behutsam ins Freie. Um zu bremsen, verlagerte er sein ganzes Gewicht in die entgegengesetzte Richtung und brachte das Fahrzeug zum Stehen.

Mein Opa Walter sprach immer vom Fahrzeug, denn es war weder ein Auto noch ein Motorrad. Es sah aus wie ein Würfel auf drei Rädern. Mein Opa hatte es blaugrau spritzen lassen und in tagelanger Arbeit ein Trabidach aufmontiert. Dort, wo ursprünglich eine störrische Plane gespannt war, in die sich der Ruß einfraß, thronte nun ein frischpoliertes Dach, eines mit abgerundeten, verchromten Rändern, die in die Ferne blitzten.

Ich stellte mir vor, das Fahrzeug wäre ein tolpatschiges Bärenjunges. Die drei dünnen Räder, die den klobigen Körper zu tragen hatten, erschienen mir als krumme Beinchen; die lappigen Seitenplanen, in denen sich der Wind verfing, waren ein Tanzkleid, das nicht recht paßte, und jemand hatte dem Bärenbaby eine viel zu große Krone übergestülpt, die ihm die Sicht nahm. Von meinem Opa gehegt und gepflegt, war es zutraulich geworden und erfüllte ihm treu ergeben jeden Wunsch, so gut es eben konnte.

Mein Opa bückte sich zum Außenanlasser. Er zerrte an der Schlaufe bis zum Anschlag. Das Fahrzeug knatterte schlapp, ruckte und verstummte wieder. Waren die Nächte kalt, brauchte er ein paar Versuche, um es zu starten. Aber sie gaben sich Mühe, mein Opa und sein Fahrzeug, und beim vierten Mal zündete der Motor.

Mein Opa riß die Fahrertür auf, setzte sich hinter den Lenker, packte mit beiden Händen das Holzbein, stellte es auf dem Boden ab, schlug die Tür von innen zu und drehte mit der rechten Hand am Gasknauf. Das Fahrzeug jaulte auf.

Meine Oma Hildegard trat aus der Haustür. Sie kam erst zum Vorschein, wenn sie drinnen gehört hatte, daß das Fahrzeug angesprungen war. Unter der Strickmütze schaute die frisch gekämmte weiße Stirnlocke hervor. Die Schalenden lagen glatt übereinander und wurden vom Kragen des Steppmantels auf die Brust gedrückt. Meine Oma klapperte mit den Schlüsseln. Sie verriegelte das Haus, als führe sie für drei Monate nach Australien. Sie ließ das Schlüsselbund in die Handtasche rutschen und zog den Reißverschluß zu. Den Einkaufsbeutel mit den leeren Milchflaschen trug sie in der rechten, die Handtasche und die zerkratzte Fußbank in der linken Hand. Mit kurzen, schnellen Schritten lief meine Oma zum Fahrzeug, in dem mein Opa wartete. Er lehnte sich nach rechts, nahm ihr den Beutel mit den Flaschen ab und drückte ihn unter die Sitzbank. Meine Oma stieg ein. Sie klemmte die Handtasche vor den Bauch und stellte die Fußbank zwischen die Beine. Jetzt war ich dran. Ich manövrierte meinen Hintern auf die Fußbank, zog die Beine hinterher, drehte mich vorsichtig nach vorn und legte die Arme um die Knie. Meine Oma schob mich zurecht und knallte die Tür zu. Sie rüttelte am Aluminiumgriff, um sicher zu sein, daß die Tür wirklich geschlossen war. Wir waren drin, alle drei. Es konnte losgehen. Ab in die City, rief mein Opa. Wir fuhren zum Konsum von Gröditz.

Ich hockte tief unten im Fahrzeug. Meine Oma hatte mich so gut verstaut, daß ich nicht aus dem Fenster schauen konnte. Trotzdem wußte ich genau, wo wir uns gerade befanden. Ich erkannte den Weg anhand der drei Kurven, die wir bis zum Konsum zu nehmen hatten und in die mein Opa das Fahrzeug legte. Der ersten Kurve ging eine Bremsung voraus. Mein Opa mußte, bevor er vom Hof linksherum in die Hauptstraße bog, die Vorfahrt beachten. Jetzt fing das Fahrzeug an zu wackeln und uns sanft zu schütteln, so daß unsere Winterjacken aneinander raschelten – ein zweites, untrügliches Zeichen dafür, daß wir die kopfsteingepflasterte Hauptstraße erreicht hatten. Doch ich hörte den hellen, gleichmäßigen Signalton, der auch nachts durch die Fenster unseres Hauses klang und der mit rotem Warnblinken einherging, das bis in die dunklen Zimmer leuchtete. Mein Opa bremste wieder. Die Stahlwerksschranke senkte sich wie immer, wenn wir einkaufen fuhren.

Dafür sind wir die ersten, sagte meine Oma. Ich hörte das Quietschen der Schrottwaggons und sah von schräg unten, wie mein Opa zwei Finger zum Gruß an die Schiebermütze hob. Der Finkel Heinz hat diese Woche Frühschicht, sagte er.

Hielt ich den Kopf gerade, fiel mein Blick direkt ins leere Handschuhfach. Drehte ich ihn, tätschelte meine Oma nervös meine Mütze. Sie drückte sie platt und mich hinunter; meine Oma wollte, daß ich stillhielt, aus Angst, jemand könne ins Fahrzeug hineinschauen und mich entdecken. Strenggenommen hatte sie recht, denn das Fahrzeug hieß Krause-Duo, und das bedeutete, daß ein Erfinder namens Krause es für den Transport von zwei Personen vorgesehen hatte. Mein Opa hatte es gegen Krankenschein bekommen, und schon das Umspritzen und die Dachmontage hatten meiner Oma Sorgenfalten ins Gesicht geschrieben. Mein Opa sagte, die Oma Hildegard mache ihn ganz verrückt mit ihrem Gefummel. Ich warf den Kopf nach hinten, bis er im Schoß meiner Oma landete, und lachte von unten hoch. Die Henkel der Handtasche fielen mir ins Gesicht, und ich fühlte die Brüste meiner Oma an der Stirn, von denen ich wußte, daß ein riesiger Büstenhalter sie hielt, dessen Körbchen mir als Mützen passen würden, und ich lachte noch lauter und sah, daß mein Opa mir zuzwinkerte, sah die Haare, die aus seinen Nasenlöchern wuchsen, sah den Adamsapfel, der spitz unter der schlaffen Haut seines Halses ruhte. Die Schranke hob sich, mein Opa heftete den heiteren Blick aufs Kopfsteinpflaster und gab Gas. Wir nahmen die langgestreckte Kurve ums Stahlwerk herum; jetzt konnte ich den grauen Himmel sehen, die Schornsteine und den

oberen Rand der dreckigen Betonmauer, die das Stahlwerk wie ein dickes, schweres Band umschloß. Wir pas-
sierten das Klubhaus und überquerten die Röderbrücke.
Das Krause-Duo knatterte, pufte, holperte mit uns
durch Gröditz. Ich klemmte zwischen den Schenkeln
meiner Oma und lachte.

Zehn oder fünfzehn junge Männer hockten, lagen, lüm-
melten zusammen auf einem einzigen Stahlbett. Sie trugen verwaschene Schlafanzüge mit Streifen und Käppis
auf den kahlrasierten Schädeln. Die Männer hatten
blasse, schmale Gesichter, aber ihre Augen leuchteten.
Sie lachten in die Kamera, als hätten sie einen Heiden-
spaß. Meine Oma rückte das Foto ungern heraus; ich
bettelte oft darum, doch meistens gab sie nicht nach.
Manchmal wurde sie böse und sagte, das Wetter sei vor
dem Krieg besser gewesen. Daran seien diese Flugzeuge
schuld, die machten Gewitter, Donner, Blitze, und
früher hätte es das alles nicht gegeben.

Konnte ich meine Oma überreden, kramte sie das
Foto aus der Blechdose hervor, die sie im hintersten
Winkel des Wohnzimmerbuffets versteckt hielt. Wir
saßen nebeneinander auf dem Sofa; meine Oma befin-
gerte das Foto von allen Seiten, strich mit der Handfläche darüber. Das dicke Papier bog sich, die Ränder
waren ausgefranst. Früher mochte es schwarzweiß gewesen sein, jetzt war es nur noch hell- und dunkelgrau mit

einem Stich ins Gelbe. Sie hielt es dicht vor ihre Augen mit der Lesebrille und zeigte auf einen dünnen Mann mit spitzer Nase, der ganz vorn auf der Bettkante saß und uns angrinste. Da ist unser Opa im Lazarett, sagte sie mit viel Mitleid und ein bißchen Stolz. Ich hatte dieses Wort, Lazarett, nie zuvor gehört, und ich kannte niemanden außer meiner Oma, der es benutzte. Sie schien es zu mögen, denn sie sagte es öfter als nötig. Das Wort klang schön.

Ich vermutete, daß früher die Ferienlager Lazarett hießen und daß die Männer so ausgemergelt aussahen, weil sie die letzte Nacht vor der Abreise durchgemacht und sich zum Abschlußfest als Zebras verkleidet hatten, um fröhlich Abschied zu feiern, schnell ein letztes Gruppenfoto zu schießen und dann die Betten abzuziehen, die Zimmer zu räumen und in den Bus zu steigen, der sie nach Hause brachte.

Als ich begriffen hatte, daß das Lazarett ein Krankenhaus für verwundete Soldaten und mein Opa sechs Jahre lang im Krieg gewesen war, wußte ich endlich, woher er sein Holzbein hatte. Ich hatte etwas von Granatsplittern gehört, die den Männern Arme und Beine wegfetzten. Davon sprach meine Oma nicht. Statt dessen sagte sie, bei jedem Fronturlaub hätte Walter ihr was Kleines dagelassen. Sie beugte sich dicht zu mir heran, zwinkerte mir amüsiert zu und faßte sich mit den weichen, adrigen Händen an die Brüste. Davon seien die so groß geworden, wie gut, daß sie so viel Milch gehabt hätte.

Mein Opa bugsierte das Fahrzeug in die Garage und verriegelte das Schloß. Wir liefen nebeneinanderher, mein Opa, unter dessen Holzbein der Sand lauter knirschte, und ich, die im Gehen die Fußballen in den Boden drehte, um die Spuren zu vertiefen. Wir gingen an den Kleingärten entlang. Von den Zäunen blätterte der Lack und offenbarte frühere Farbschichten. Im Sommer drückte die Last der Brombeersträucher die morschen Zaunlatten schief; meine Oma hatte verboten, die Früchte ungewaschen zu essen, weil – und sie hob verschwörerisch die Augenbrauen – das Schwarze nicht die Reife, sondern der Ruß sei. Ich griff nach der trockenen, knochigen Hand meines Opas. Fütterst du sie jetzt, fragte ich. Erst müssen sie fliegen, sagte er.

Im vorderen Teil des Gartens hatte meine Oma die Gemüsebeete. Der hintere Teil gehörte Opa Walter und den Tauben. Über die Jahre hatte er sich mit ihnen vollständig dort verbarrikadiert. Unter verschieden hohen Überbauungen, die mit Stücken dunkelgrauer Dachpappe mehrfach ausgebessert waren, lagerten Futtersäcke, Holzreste, verrostetes Werkzeug. Ich wand mich an groben Pfosten, sperrigem Maschendraht, feuchten Wänden vorbei bis zum Taubenschlag. Der Taubenschlag war das Herzstück von Walters Bretterhöhle und

73

überragte sie um bestimmt zwei Meter. Er glich dem Haus der Hexe Babajaga, wie es in einem meiner Märchenbücher abgebildet war. Babajagas Haus stand erhöht und wurde von nur einem Hahnenfuß getragen, der sich riesengroß, rissig und voller Knorpel in die Erde krallte. Oft schlug ich diese Seite im Märchenbuch auf und fragte mich, wo der Rest von dem monströsen Hahn abgeblieben war. Mein Opa erklomm die steile Holzstiege an der Rückwand. Er setzte Stufe für Stufe den rechten Fuß auf und zog den hölzernen hinterher. Ein Geländer zum Festhalten fehlte. Ich wußte schon, warum meine Oma seit Jahr und Tag keinen Schritt mehr in Walters Reich getan hatte; sie wäre vor Angst tot umgefallen. Mein Opa öffnete den Riegel, schob die quietschende Tür auf und duckte sich unter dem Türrahmen hindurch. Jetzt war ich dran. Während ich auf allen vieren die Stiege hochkletterte, hörte ich schon das Gurren, laut und ohne Unterlaß, Ruckedigu, Ruckedigu. Vorsichtig trat ich auf den Bretterboden, der von kalkweißen Flecken bedeckt war. Ich lehnte die Tür an und blieb in der Ecke stehen. Wenn sie frisch und dickflüssig unter den Schwänzen herausfiel, war Taubenkacke nicht nur weiß, sie hatte graue und schwarze Anteile, grau meliert sah sie aus, das hatte ich oft auf dem S-Bahnhof Schönhauser Allee oder am Brunnen auf dem Alex beobachtet. Sobald sie aber trocknete, setzte sich das Weiße durch und fraß sich in jeden Untergrund ein, sogar in Steine. Die Dielen im Taubenschlag waren von den vielen Schichten wie weiß getüncht. Es stank nicht. Es roch staubig, nach trockenem Getreide. Die Tauben hatten längst Alarm geschlagen. Auch die letzten waren aus ihren Verschlägen, jeder mit einer kleinen Schwingtür versehen, hervorgeflattert. Mein Opa hatte an der rechten Wand fünfzig, sechzig dieser Kästchen angebracht, und es sah aus, als übernachteten die Tauben in einem riesigen Weihnachtskalender. Hektisch rannten sie um die Füße meines Opas, die Köpfe ruckten unermüdlich, das Gefieder an den Hälsen changierte silbrig, verwandelte sich in Grün, Rosa, Violett. Auf dürren Beinchen tackerten sie über das Holz wie aufgezogene Spielzeugsoldaten, auf Krallenfüßchen, die in der Farbe von Blutergüssen leuchteten, flitzten sie umher. Kreuzten sich ihre Wege, schlugen sie übergangslos neue ein und wichen einander aus. Auf fünf oder sechs Quadratmetern drängten sie sich, bahnten sich Zickzackwege, die kein Ende fanden und doch nur ein Ziel kannten: Walter. Sie strebten ihm zu, sie gurrten für ihn, überlärmten einander, schlugen die wimpernlosen, scharfkantigen Lider zu und auf, als fotografierten sie vor Aufregung alles, was ihnen vor die Linse kam, aus tausend Perspektiven, und am allerliebsten ihn. Der Auftritt meines Opas hatte eine wahnwitzige Begrüßungsattacke ausgelöst.

Ich stand in meiner Ecke, ohne mich zu rühren, und

sah, wie mein Opa sich bückte und nach einer Taube griff. Es war eine gescheckte, Weiß und Blaugrau wechselten sich im Federkleid ab. Er faßte sie sehr bestimmt an, drückte mit beiden Händen die Flügel an den Körper, hob sie hoch bis in Kopfhöhe, streckte die Arme aus, die Taube von sich und schaute sie an. Die Taube hielt ganz still und ließ sich betrachten. Mein Opa schien etwas zu überprüfen. Er untersuchte sie mit den Augen, während er sie behutsam im spärlichen Licht hin und her drehte, das durch die verschmierten, nahezu blinden Scheiben des Taubenschlags fiel. Ich hätte jetzt gern Walters Hände gehabt, um mit ihnen den weichen, warmen Taubenkörper zu befühlen, das Gefieder, die Muskeln, die Knochen zu ertasten. Mein Opa nuschelte ein paar Worte. Ich konnte nicht unterscheiden, ob er zu sich oder zu der Taube sprach. Er ließ das Tier wieder frei; mit zwei, drei Flügelschlägen, die Federn und Staub aufwirbelten, landete es in der Enge zwischen seinesgleichen, was für eine neue Welle des Aufruhrs unter den vielen sorgte, die am Erdboden hatten bleiben müssen.

Mein Opa stieg auf einen von Taubendreck besprenkelten Schemel, der vor den Fensterscheiben stand. Er reckte sich bis zum Giebel des Taubenschlags. Wenn es sein mußte, war mein Opa richtig gelenkig. Dort oben drehte er zwei umgebogene Nägel zur Seite und klappte die Holzplatte – nicht größer als die Abendbrotbrettchen meiner Oma – von der Wand. Die Luke war offen. Die Tauben hatten verstanden. Der Ansturm war enorm. Jene, die umsonst hinaufflatterten, abgedrängt wurden, nahmen neuen Anlauf. Es paßten immer nur zwei, höchstens drei gleichzeitig auf die Abflugplatte. Sie quetschten sich durch die Öffnung ins Freie und flogen davon.

Ich hatte meine Oma noch einmal überreden können. Sie drehte, wendete, streichelte das Foto und sagte wieder das schöne Wort. Ich saß neben ihr und stellte mir vor, wie meine Mutter, meine zwei Tanten und mein Onkel an den Brüsten meiner Oma saugten. Ich betrachtete die jungen, gestreiften Männer in Hildegards Händen. Sie lachten, und ich überlegte, wovon sie wohl sprachen, bis ich entdeckte, daß mein Opa, der grinsend ganz vorn auf der Bettkante saß, zwei Beine aus Fleisch und Blut hatte. Der Schrecken stieß mir in den Bauch. Sie schauten unten ein Stück aus der Schlafanzughose heraus und steckten in klumpigen Hausschuhen aus Filz. Sie sahen genau gleich aus, weiß und dünn und echt. Wo ist denn Opas Holzbein?, unterbrach ich meine Oma, die gerade etwas von Fliegeralarm und Keller sagte. Ich hatte meinen Opa noch nie auf zwei eigenen Beinen gesehen. Sie schaute mich erstaunt an und schüttelte den Kopf. In ihrem Gesicht las ich, daß sie mich für ein Dummerchen hielt, dem man zum hundertsten Male

77

das Einmaleins beibringen mußte. Der Opa habe das Bein doch viel später verloren.

Es kostete mich große Anstrengung, die Geschichte mit dem Krieg und dem weggefetzten Bein in meinem Gehirn zu korrigieren. Mein Opa war also mit zwei gesunden Beinen aus dem Krieg zurückgekommen. Die Granatsplitter, von denen ich gehört hatte, hatten ihm Genick und Rücken verletzt. Zwanzig Jahre habe er im Stahlwerk gearbeitet, als Schrottlader im Schichtsystem, bis kurz vor der Rente der Unfall passiert sei. Mein Opa lud den Schrott ab, der tags und nachts auf Güterzügen im Stahlwerk eintraf. Er stieg zwischen sperrigen Teilen auf den Waggons umher und schleppte sie hinunter, damit sie im Hochofen eingeschmolzen werden konnten. In jener Nacht sei aus unerfindlichen Gründen ein Schrotteil in die Luft gegangen, es sei urplötzlich explodiert. Mein Opa sprang geistesgegenwärtig vom Waggon ab, landete unglücklich im Schrott und brach sich den Fuß. Der Bruch war kompliziert, der Knöchel gesplittert; die Knochen wollten nicht mehr zusammenwachsen. Der Fuß eiterte, immerzu habe der Opa Blut im Schuh gehabt. Zentimeter für Zentimeter kroch die offene Wunde an seinem Bein hoch, bis die Ärzte nach zwei Jahren beschlossen, es zu amputieren. Sie trennten es unterhalb des Knies ab; mein Opa bekam eine Prothese, mit der er an Krücken das Laufen übte. Der Phantomschmerz aber ließ nicht nach, der Beinstumpf blieb wund und geschwollen, überall habe es gescheuert. Wie oft seien sie mit dem Krankentransport nach Riesa zum Orthopäden gefahren. Mein Opa sei invalidisiert worden; vier Jahre wären es noch bis zur Rente gewesen. Zum Glück, sagte meine Oma – und ihr Gesicht nahm den Ausdruck von amtlicher Würde an –, sei ihm dann von der Krankenkasse das Fahrzeug zur Verfügung gestellt worden. Und die Prothese, sagte sie stolz, ist eine Spezialanfertigung.

Mein Opa verriegelte das Gartentor, ich faßte nach seiner Hand. Wir liefen auf dem Sandweg, entlang an morschen Zäunen. Neben den Brombeersträuchern blieben wir stehen.

Sie flogen im Konvoi. Keine scherte aus. Ein Schwarm von Tauben, der ständig seine Umrisse änderte, drehte zügig und biegsam seine Runden über uns. Manchmal kamen sie dicht an den Taubenschlag heran, streiften ihn fast im Vorbeiziehen, als wollten sie sich versichern, daß ihr Zuhause noch da war und sie wieder aufnehmen würde. Sie erhoben sich über die schmutzigen Dächer mit den Fernsehantennen, sie entfernten sich, wanderten wie ein Schatten über die Schornsteine des Stahlwerks, durchstießen den gelben Rauch. Verschwanden sie hinter verbautem Horizont, hatte ich Angst, sie könnten nicht zurückkommen, nie mehr, doch sie tauchten jedes Mal wieder auf, nicht immer da, wo ich sie vermutete. Gleichmäßig stiegen sie, fielen sie, schwebten sie. Und jeder, der in Gröditz zufällig seinen Blick in den grauen Himmel richtete – die verschwitzten Stahlwerker, die von der Schicht kamen, die Rentnerinnen hinter den Gardinen, die Kindergartenkinder, die in Zweierreihen spazierengingen –, konnte sehen, daß Walter Stasch seine Tauben freigelassen hatte, damit sie schöne, unsichtbare Formen in die Luft malten.

Komm, mein Täubchen, sagte mein Opa, die Oma wartet.

Die weichen, aufgequollenen Spaghetti meiner Oma waren die besten auf der ganzen Welt. Ich wußte nicht, ob sie sie versehentlich zu lange kochte, weil sie immer mit dem Essen warten mußte, oder ob sie es mit Absicht tat, um ihre und Walters Zahnprothesen zu schonen. Am Wochenende, sagte sie und setzte sich zu uns an den Tisch, wollten sie eine Taube schlachten. Sie sah meinen Opa an. Er bekam ein ernstes, fast dienstliches Gesicht. Der Schecke, sagte er, er habe an den Schecken gedacht.

Ich durfte beim Schlachten nicht zusehen, aber ich wußte, daß mein Opa die Taube auf den Hackklotz im Garten legte und ihr mit dem Beil Kopf und Füße abschlug. Meine Oma hatte es mir mit furchtsamer Miene erzählt. Das Tier würde noch lange mit den Flügeln schlagen, Blut würde aus dem Hals spritzen, und erst, wenn der Kampf ausgestanden sei, brächte mein Opa die Taube in die Küche, wo meine Oma sie über dem

Ausguß ausbluten ließ, sie rupfte, ausnahm und aus Fleisch und Knochen eine Suppe kochte. Kam die Suppe auf den Tisch, fischte meine Oma darin herum, so lange, bis sie das kleine, feste Taubenherz mit dem Löffel zu fassen bekam. Sie legte es mir auf den Teller. Das Herz durfte ich essen. Ich hob es auf bis zuletzt, und meine Großeltern schauten andächtig zu, wie ich es zerkaute.

Mein Opa schob den Teller beiseite, verschränkte die Arme auf dem Tisch und legte, ohne uns noch eines Blickes zu würdigen, seinen Kopf darauf ab. Er hatte die Angewohnheit, sein Mittagsschläfchen sitzend am Tisch zu halten. Ich hätte nie in so unbequemer Haltung schlafen können und fragte mich, wo er das gelernt hatte. Vorsichtig räumte meine Oma das Geschirr in die Emailleschüssel, damit kein Geklapper ihn weckte. Wir schlichen ins Wohnzimmer. Ich legte mich aufs Sofa, so, daß ich aus dem Fenster auf die Stahlwerksmauer sehen konnte. Meine Oma breitete eine Decke über mir aus, streichelte stumm meine Wangen und setzte sich mit Zeitung und Lesebrille in den Fernsehsessel. Aus der Küche hörte ich meinen Opa tief und gleichmäßig atmen. Die Uhr auf dem Buffet tickte. Die Schranke bimmelte ihren hellen Ton, der gedämpft ins Wohnzimmer drang. Es raschelte. Meiner Oma war die Zeitung aus der Hand auf den Boden gerutscht. Ihr Kopf lag weit nach hinten gestreckt auf der Lehne des Sessels, der

Mund war leicht geöffnet, ein kleines Schnarchen verzierte die Stille.

Mit sieben hat der Opa die erste Taube bekommen, sagte meine Oma, die Mutter ist ihm doch so früh gestorben. Sie erzählte das sehr traurig, als sei es erst gestern geschehen. Und sie sprach nie vom einen, ohne das andere zu erwähnen. Auch ich verknüpfte beides und malte mir aus, daß Walters Mutter dem Sohn erst eine Taube schenkte, um dann sterben zu können, und daß die Taube fortan die Mutter ersetzte. Ich kannte das von Aschenputtel: ihm blieben allein die Tauben treu, nachdem die Mutter gestorben war. Sein Leben lang habe der Opa Tauben gehabt, bis auf die eine Unterbrechung, den Krieg. Als er von Breslau eingezogen wurde, mußte er die Tauben im Stich lassen, und das schien schlimmer zu sein, als Hildegard im Stich zu lassen und in einen Hagel von Granatsplittern zu geraten. Meine Oma fragte sich, was wohl aus den Tauben geworden war ohne Walter. Das Mietshaus in Breslau, in dessen Dachstuhl mein Opa den Taubenschlag eingebaut hatte, war verschwunden; sie seien einmal mit dem Bus in die Stadt gefahren, die jetzt Wrocław hieße, hätten es gesucht und nicht mehr gefunden. Über Nacht hatte meine Oma das Haus ohne Hab und Gut verlassen müssen, war mit dickem Bauch, drei Kindern und zwei Koffern in einen überfüllten Zug gestiegen, der gen Westen fuhr. Sie hatte nichts als einen kleinen Zettel, darauf stand die Adresse ihrer Cousine, die in Gröditz wohnte. Den Zettel zeigte sie dem Schaffner, und der Schaffner sagte, als es schon wieder hell wurde: Hier ist Elsterwerda, Sie müssen jetzt aussteigen. Er wies mit ausgestrecktem Arm in eine Richtung. Über Feldwege und Holperstraßen liefen sie, es war ein kalter Februar, wenn die Kinder weinten, gab meine Oma ihnen Zuckerwasser, Leute, die ihnen begegneten, fragte sie nach dem Weg. Sie fanden das Haus der Cousine, die sie aufnahm und in der Dachkammer unterbrachte. Meine Oma schaute mich mit glänzenden Äuglein an, froh und gottgläubig. Die vollen Züge seien alle bis Dresden gefahren und wurden, mitsamt den Passagieren, zerbombt.

Ich geh in den Taubenschlag, sagte mein Opa. Ich sprang vom Sofa auf, huschte an ihm vorbei in den engen Flur und zog, so schnell ich konnte, Stiefel, Anorak und Mütze an. Kommt nicht so spät, hörte ich meine Oma rufen, heute wird gebadet.

Unterwegs hielten wir Ausschau nach den Tauben. Ich entdeckte sie über dem Stahlwerk, weit hinten. Mir schien, sie trauten sich, weiter davonzufliegen als vorhin; sie waren übermütig und die Runden, die sie zogen, größer geworden. Die Angst, sie könnten auf Nimmerwiedersehen verschwinden, behielt ich für mich.

Der Taubenschlag war leer. Mein Opa zerrte einen

schweren Papiersack aus der Ecke, entfernte die Wäsche-
klammern, die ihn verschlossen hielten, und rollte die
störrischen Ränder nach unten. Mit einem alten, ver-
bogenen Suppenlöffel schaufelte er Körner in die Holzrinne, die entlang der Dielen verlief. Dabei begann er,
leise zu pfeifen. Mit wenig gespitzten Lippen erzeugte er
einen hohen Ton. Es klang zart. Selten unterbrach er
sich, um Atem zu holen; die Luft meines Opas reichte
lange. Er griff in eine Blechdose, warf sechs Handvoll
Maiskörner auf das restliche Futter, gab mir den Suppenlöffel. Mischen, sagte er und pfiff weiter. Ich kauerte
mich vor die Rinne und rührte den Mais unter die anderen Körner. Sie waren schwer; ich hatte mit dem Löffel
einen schönen Widerstand zu überwinden. Um das Futter zu verteilen, nahm ich die Hände. Ich strich es mit
den Handflächen glatt und paßte auf, daß es überall in
der langen Rinne gleich hoch lag, auch in den äußersten
Ecken. Nachher sollte Gerechtigkeit herrschen. Mein
Opa pfiff, und als die ersten Tauben die Luke am Giebel aus verschiedenen Richtungen anflogen, pfiff er weiter. Um zu bremsen, schlugen sie wild mit den Flügeln,
benutzten ein Brettchen an der Außenwand als Lande-
fläche, spazierten auf dem winzigen Laufsteg ins Innere
und flatterten zum Boden hinab. Dort stürzten sie sich
ohne den geringsten Zickzack-Umweg an die Futter-
rinne und fraßen los. Durch die Scheiben sah ich, daß
die Tauben auf die Luke zuflogen und, wenn das Brett

von anderen besetzt und kein Platz zum Landen war, in einer scharfen Kurve abbogen und sich noch einmal aufschwangen. Sie mußten wohl über den Gärten Warteschleifen drehen, bis sie endlich an die Reihe kamen. Der Taubenschlag füllte sich, das Picken und Gurren wurde lauter, und mein Opa pfiff. Walters zarter, steter Lockruf war bis zu ihnen, die doch weit draußen und hoch oben in der Luft gewesen waren, vorgedrungen.

Er setzte sich auf den Schemel und schob mir eine Fußbank zu, von der weißer Lack blätterte. Ich hockte mich auf die Fußbank. Mein Opa holte eine Schachtel F6 aus der Jackentasche und ein Päckchen Streichhölzer. Er hörte zu pfeifen auf und zündete sich eine Zigarette an. Die Asche klopfte er in ein Schnapsglas, an dessen Boden ein paar Kippen lagen. Die Tauben pickten und gurrten in die Stille. Sie standen wie aufgefädelt vor der Holzrinne, eine dicht neben der anderen. Unermüdlich stießen sie die Schnäbel ins Korn und glichen der von unsichtbarer Hand bespielten Tastatur eines Klaviers. Ich sah meinen Opa an. Alle da, sagte ich. Eine fehlt noch, sagte er.

Der Opa sei spät heimgekommen, sagte meine Oma, aber er sei gekommen. Eines Tages habe er in der Tür gestanden, so dünn, so blaß, so müde. Bin wieder da, habe er gesagt. Es war Frühjahr, das Baby schon fast ein Jahr auf der Welt. Im ersten Moment erkannte sie ihn kaum, die Haare waren ihm ausgegangen. Er müsse wohl das Entsetzen in ihren Augen gesehen haben. Sie gab ihm zu essen. Die Uniform stand vor Dreck; er hatte die Schulterstücke abgerissen. Er schnallte das Feldkochgeschirr vom Gürtel. Sie zog ihm die schlammigen Stiefel von den Füßen. Mit Zügen sei er gefahren, ab Elsterwerda habe er sich durchgefragt. Er zeigte ihr den Schein, *in die Heimat entlassen,* stand darauf. Er legte sich in der Dachkammer auf das Bett und schlief ein. Er roch so seltsam, sagte meine Oma, nach Desinfektionsmittel, noch lange.

Schon bald habe er wieder mit der Zucht begonnen, und wenn in den Anfangsjahren auch alles knapp gewesen sei, Futter für die Tiere habe er immer aufgetrieben. Mein Opa trat in den Verein der Kleintierzüchter ein und wurde in den Vorstand der Ortsgruppe Gröditz gewählt. In all den Jahren habe er die vielen Urkunden gewonnen und die Pokale, die die Wohnung schmückten. Bis zum Unfall, sagte meine Oma, war der Taubensport sein ein und alles.

Die Sommersonntage verbrachte mein Opa in seiner Bretterhöhle, rauchte, kletterte auf der Stiege hin und her, starrte nervös in den Himmel. Er könne – ob Hildegard das endlich begreifen wolle – nicht seelenruhig mittagessen, während womöglich eine seiner Wettkampftauben daheim eintraf. Meine Oma hörte auf zu lamentieren, füllte das Essen ins Feldkochgeschirr und brachte es ihrem Mann in den Taubenschlag.

Schon am Freitag waren die Tiere in Körbe verstaut, die Wettkampflisten mit jenen Nummern abgegeben worden, die den Tauben in den Aluminiumring am Fuß eingestanzt waren. Die Körbe wurden auf einen LKW verladen, und noch in der Nacht machte sich der LKW auf den Weg nach Budapest, Prag oder Sofia. Meine Oma sprach die Namen dieser Städte, in denen sie und mein Opa nie gewesen waren, mit einer Mischung aus Ehrfurcht und Fernweh aus. Unter Züchtern hätten sie Auflaßorte geheißen. Am Sonntagmorgen um fünf oder sechs Uhr, wenn die Sonne aufgegangen war, wurden die Tauben aufgelassen. Auf einen Schlag habe man alle Körbe geöffnet. Ich hörte, während meine Oma sprach, die kräftigen, tausendfachen Flügelschläge und spürte den Drang, mit dem sich die Tiere aus der dunklen Enge befreiten und gen Himmel sprengten. In einem Schwall jagten sie auf und davon in die kühle, sonnige Morgenluft. Sie flogen zielstrebig und sehr schnell, legten Hunderte von Kilometern zurück und hatten nur eines im Sinn: nach Hause. Mein Opa stand auf der Holzstiege, rauchte mit fahriger Hand, suchte wieder und wieder den Himmel ab. Die erste erreichte nach sieben oder acht Stunden die Heimat. Sie setzte in der Luke auf, das kleine Herz pochte heftig in der Taubenbrust, das Herz meines Opas schlug wild, er nahm sie in die Hände, zog

ihr den Ring vom Fuß und steckte ihn in die Konstatier-
uhr. Er liebkoste die Taube, redete auf sie ein, lobte sie;
Futter und frisches Wasser standen seit Stunden bereit.
Mein Opa lief, noch immer fassungslos, ins Haus; der
Schimmel ist schon da, rief er immerzu, Hilde, der
Schimmel, ich kann es nicht glauben. Meine Oma nahm
meine Hand. Niemand weiß, wie sie die Heimat finden,
sagte sie, von wo sie auch aufbrechen, sie finden nach
Hause, es ist ein Wunder.

Die letzte Taube schlüpfte durch die Luke und stürzte
sich zwischen die anderen an die Holzrinne. Ich hätte
gern gewußt, wo sie bis jetzt gewesen war. Mein Opa
stand langsam vom Schemel auf und schloß die Luke.
Seine Knochen schienen müde zu sein. Er füllte frisches
Wasser in die Tröge. Ich merkte, daß ich fror. Die Kälte
war, als ich reglos auf der Fußbank gesessen hatte, in
mich gekrochen. Es dämmerte schon. Vorsichtig stiegen
wir die Stufen hinab. Mein Opa hielt mich bei der
Hand.

Meine Oma fing mich gleich im Flur ab und schob
mich ins Bad. Sie drehte den Wasserhahn auf, zog mir
die Sachen aus und rubbelte meine Arme warm. Der
Badeofen verströmte eine bullige Hitze. Ich zitterte.
Steig rein, sagte sie, daß du nicht krank wirst.

Ich wickelte meine nassen Haare in ein Handtuch
und betrachtete im Spiegel den Turban auf meinem

Kopf. Mich wickelte ich in das große Badetuch, ließ Schultern und Arme frei, wie es die Frauen nach dem Duschen machten. In der Küche schnitt meine Oma das Brot. Sie drückte es gegen ihre Brust und säbelte mit dem Brotmesser Scheiben ab. Mein Opa saß am Tisch, vor sich das dicke, abgegriffene Buch, in das er jeden Abend Notizen über die Tauben schrieb. Ich warf einen Blick über seine Schulter. Die Schrift war klein und krakelig. Ich konnte nichts erkennen. Als ich ihn fragte, was er da schreibe, schüttelte er bloß abwesend den Kopf. Womöglich hielt mein Opa fest, welche Taube zuletzt in den Taubenschlag zurückgekehrt war, oder er notierte, was er an der gescheckten, die er hochgehoben und ins Licht gehalten hatte, entdeckt hatte. Vielleicht gab mein Opa den Tauben ja Zensuren und machte Eintragungen wie in ein Klassenbuch. Doch damit allein konnte man niemals so viele Seiten füllen. Das Taubenbuch mußte voller Geheimnisse stecken, die mein Opa weder mir noch meiner Oma, noch irgendwem auf der Welt jemals verraten würde.

Modenschau, rief ich. Auf nackten Füßen hüpfte ich vor ihm hin und her und summte einen Schlager aus dem Radio. Mein Opa sah vom Buch hoch und lachte. Ich hielt den Kopf steif, damit der Turban sich nicht auflöste, drehte ein paar Runden um ihn herum, schwang die Arme wie Flügel. Das Badetuch rutschte auf den Boden. Ich hob es auf und benutzte es als Umhang, breitete es mit den Armen aus und hoffte, es würde wie ein Feenschweif hinter mir wehen, wenn ich nur schnell genug um meinen Opa rannte. Er verfolgte vergnügt meinen Auftritt und winkte mich heran. Ich flatterte auf ihn zu, blieb dicht vor ihm stehen und tänzelte auf der Stelle. Er beugte sich nach vorn und betrachtete meine Brust. Er kniff die Augen zusammen, schaute rechts, schaute links, schaute wieder rechts, ließ sich schließlich an die Stuhllehne zurückplumpsen und schlug sich mit der flachen Hand begeistert auf den Oberschenkel. Jetzt wächst der Tanja eine Brust, sagte Walter. Ich mußte kichern und spürte, daß meine Wangen zu glühen anfingen. Auch ich hatte mir hin und wieder, wenn ich lange genug vor dem Spiegel stand, eingebildet, zwei winzige Wölbungen zu erkennen. Doch bis jetzt hatte niemand diesen Eindruck geteilt. Ich schaute an mir herunter. Wenn es nun wirklich losging, und mein Opa, der mich glücklich ansah, ließ keinen Zweifel daran, würde mir ein richtiger Busen wachsen, und mit jedem Kind, das ich kriegte, würde dieser Busen größer werden, bis er so weich und üppig war wie der meiner Oma. Ich wickelte mich ins Badetuch und wackelte, als ich zum Schlafzimmer ging, mit dem Po. Ich drehte mich noch einmal um und sah meinem Opa ins stolze, staunende Gesicht.

Hildegard hielt den prallen Einkaufsbeutel zwischen den Beinen und die Handtasche auf dem Schoß. Das

Fahrzeug knatterte über das Kopfsteinpflaster. In der Kurve, die um das Stahlwerk führte, ließ Walter den Kopf auf Hildegards Schulter fallen. Die Hände glitten von der Lenkstange. Das Fahrzeug fuhr langsam gegen die Betonmauer. Vom Aufprall rutschte Walters Kopf auf Hildegards Brust. Aus dem Einkaufsbeutel lief Milch auf den Boden des Fahrzeugs. Hildegard riß die Beifahrertür auf. Walter sank auf die Sitzbank, das Holzbein von sich gestreckt. Sein Blick hätte, wären die Augen offen gewesen, den taubenleeren Himmel nicht treffen können. Hildegard rannte im Zickzack, vom Fahrzeug weg, zum Fahrzeug hin. Die Milch tropfte auf die Straße, ein Rinnsal zwischen Pflastersteinen. Hilfe, rief sie, mein Walter, die Milch. Die Schranke schlug ihren hellen, gleichmäßigen Ton. Das Herz war einfach stehengeblieben.

Was die Mode streng geteilt

Wir sind spät dran. Ich habe den Weg unter-
schätzt. Bloß, weil ich ihn in- und auswendig
kenne, wird er nicht kürzer.

Ich fasse nach Karls Hand, und wir rennen los.

Karl kann gut rennen mit seinen achtundvierzig Jahren. Er zieht mit den Oberschenkeln nach vorn, setzt die
Füße sicher auf den Boden; Karl greift sich den Asphalt
mit seinen Schritten, weit, weit ist jede Bewegung. Karl
ackert gern, wenn er weiß, wofür. Dann ist er auch gern
erschöpft. Er ringt nach Luft, stöhnt, windet sich, flucht
und lacht. Bühnentier, sagen sie im Theater zu ihm,
oder Spielschwein.

Morgens setzt er sich, während der Kaffee durch-
läuft, nackt an den Tisch und zündet sich eine Zigarette
an. Links, Karl raucht mit links. Den rechten Arm
beugt er, hält die Faust vor die Brust, stülpt die Unterlippe vor und guckt nach, ob sein Oberarm noch Muskeln hat. Kräftig sein, Lust haben, zupacken, ranklot-
zen. Karl will morgens als erstes sicher sein, daß er noch
der alte ist. Er weiß nichts von seiner Marotte. Und
ich sag ihm nichts davon, weil ich nicht will, daß er da-

mit aufhört. Vielleicht später. Wir kennen uns ja erst so kurz.

Ich kann auch gut rennen, schließlich hatte ich bis vor einem halben Jahr noch Sportunterricht. Aber der Schlumperrock, den ich zur Feier des Tages herausgekramt habe, bleibt an der Strumpfhose hängen, klebt fest, rutscht hoch. Hätte ich doch die Türkenhosen angelassen, die haben bis jetzt jede Strapaze überstanden.

Wir hetzen die flachen Stufen hinauf, schlängeln uns an den vielen Leuten vorbei; durch eine der getönten Glastüren kommen wir in den Warmluftpuffer, lassen die zweite Türenfront hinter uns und sind drin.

Trotzdem nimmt der Weg kein Ende; der Palast ist ein riesiges Labyrinth, besonders verwirrend ist ein Blick nach oben: Tausend Kugellampen sind nach einem chaotischen System verschieden hoch aufgehängt. Es ist sehr hell, aber nicht zu überschauen. Was ich mich hier schon verlaufen habe, vor allem, wenn es so voll ist wie jetzt. Die Neunte ist jedes Jahr Wochen vorher ausverkauft, der prachtvollste Jahresabschluß, den sich die Berliner Genossen vorstellen können. Vater kriegt die Karten irgendwoher, ohne beim Vorverkauf in der Schlange stehen zu müssen; er nimmt immer vier Stück, vorsichtshalber. Diesmal bin ich nur mitgekommen, weil ich die vierte Karte dazugekriegt habe, für Karl. Ich nehme ihn an die Hand und gehe vor; ich weiß, wie wir zu den Garderoben kommen, die sind im Untergeschoß.

Ich sehe uns in den Spiegelflächen, mit denen die Wände verkleidet sind. Karl in der fellgefütterten Jeansjacke, die ihm ein Kollege vom Gastspiel mitgebracht hat. Die ist ihm derart ans Herz gewachsen, daß er sie trägt, bis sie ihm in Stücken vom Leibe fällt. Das wird ein trauriger Tag. Auf dem beigefarbenen, kuschligen Kragen sitzt Karls schöner Kopf, schön, wie es manchmal von Kinderköpfen behauptet wird. Ich sehe die dunklen Haare mit den grauen Schläfen, die feste Nase mit der wundersamen Form, die braunen Augen, die in Flammen stehen können oder glänzen, bevor das Wasser über die Ufer tritt.

Neben Karl leuchte ich mit roten Haaren und roten Wangen. Der Mantel meines Opas ist in den Schultern zu breit, an den Ärmeln zu lang, eine geräumige Herberge. Wegen des verfangenen Rocks mache ich kleine Schritte mit meinen Stiefeln. Karl läuft zielstrebig mit seinen Turnschuhen, ohne zu wissen, wohin. Er ist ganz bei der Sache. Karl weiß noch nicht, wie sie aussehen, meine Eltern.

Ich habe sie schon entdeckt zwischen den anderen Besuchern. Ich zwinge mich, ruhig zu atmen. Ein letztes Mal suche ich uns in den Spiegeln und präge mir fest das Bild ein, unser Bild, das Bild eines schönen, außergewöhnlichen Paares.

Da sind sie, sage ich.

Karl läßt meine Hand los. Er hat sie sofort erkannt, wie sie wortlos nebeneinanderstehen, seit mindestens einer halben Stunde bereit zum Abmarsch. Mutter denkt, ihr zwischen Angst und Sezierlust wankender Blick würde auf die Entfernung unbemerkt bleiben. Vaters Augen ruhen treffsicher auf uns, die wir keuchend die letzten Meter bewältigen.

Hallo, sage ich, das ist Karl, das sind meine Eltern.

Meine Stimme bricht, als stünde ich vor der Klasse an der Tafel. Eine Entschuldigung für die Verspätung bringe ich nicht mehr über die Lippen. Karl gibt Mutter die Hand.

Guten Abend, sagt er, Kreuschler.

Dabei gluckst er kurz auf, weil er sich so steif und förmlich vorkommt. Niemand reagiert, nicht mal ich.

Mutter hat sich vorgenommen, schön zu sein, feierlich, doch jetzt hat sie wieder dieses hektische Flirren; die Augen rasen von einem Punkt zum andern und finden nirgends Halt. Sie klemmt die Handtasche unter den Arm und hält sich daran fest.

Vater lächelt sachlich, als er Karl die Hand gibt. Er hat die Angewohnheit, gewisse Leute mit dem Händedruck von sich wegzuschieben. Manchmal macht er das sogar mit mir. Aber heute werde ich gar nicht begrüßt. Mutter und Vater sagen nichts. Sie würden nie zugeben, daß sie sich ärgern.

Karl und ich gehen zur Garderobe. Am liebsten würde ich den Mantel anbehalten, damit er den Rock verdeckt, der in knittrigen Wellen die Form meiner Beine offenbart. Mutters Blick bleibt einen Moment lang daran hängen. Dann reißt sie ihn los und überprüft in den Spiegelflächen den Sitz ihres Kostüms. Es hat ein dezentes Blümchenmuster und sieht teuer aus. Bestimmt hat sie es extra für heute gekauft, wie die Pumps, die passend zum Kostüm silbergrau schimmern. Mutter und neue Schuhe, da leidet sie jetzt schon Qualen an den Füßen. Vater strafft sich vor dem Spiegel und richtet seine Krawatte.

Ab jetzt gebe ich es auf, den Weg zu suchen; ich brauche mich um nichts mehr zu kümmern. Mit geradem Rücken und gehobenem Kinn übernimmt Vater die Führung.

Mutter dreht, während sie neben ihm geht, immerzu den Kopf. Sie guckt die Leute an, guckt an sich herunter, streicht das Kostüm glatt, guckt wieder den Leuten hinterher. Vater meint, daß Mutter ohne ihn verloren wäre, bei diesem unterentwickelten Orientierungssinn. Herumirren würde sie und nirgends ankommen, nirgends. Aber Mutter ist vollauf beschäftigt mit etwas anderem: Mutter vergleicht sich; wo sie auch ist, vergleicht sie sich. Und sie schaut nach den Blicken der Frauen. Sie will wissen, ob die das denken, was Mutter glaubt, das die denken. Aber die denken gar nichts; die sind nur bemüht, beim Aussteigen aus den Winterstiefeln und Einsteigen in die Riemchensandaletten nicht umzufallen. X-beinig strecken sie die Hinterteile in die Höhe, stützen sich an ihren Männern ab, weil es hier nichts zum Sitzen gibt und nichts zum Festhalten.

Karl und ich betreten nach Mutter und Vater die Rolltreppe. Wir stehen drei Stufen tiefer. Karl holt Zigaretten und Feuerzeug aus der Brusttasche. Obwohl ich Lust hätte, rauche ich nicht. Mutter und Vater wenden sich zu uns um und sehen Karl an der Zigarette ziehen. Entsetzt drehen sie die Gesichter nach vorn.

Karl steckt sich die Zigarette in den Mundwinkel und das Hemd in die Jeans. Er hätte sich für die Neunte einen Anzug aus dem Theaterfundus holen können; Karl besitzt keinen. Aber er will sich an einem freien Tag nicht in ein Kostüm zwängen.

Ich berühre Karls rechte Hand und sage leise, daß ich schon als Kind hier war, bei *Bärchens Traum,* später bei *Rock für den Frieden.* Karl lacht mich an.

Bärchens Traum, sagt er und streichelt mit der Außenseite zweier Finger meine Wange.

Oben geht Vater an der Bar vorbei und tritt dicht vor die getönten Scheiben. Für ein Getränk ist es zu spät, aber das obligatorische Verweilen über der Stadt, heute leider ohne Glas in der Hand, kann beginnen: Rotes Rathaus, Fernsehturm, Neptunbrunnen, Marienkirche, Palasthotel. Vater liebt Aussichtsplattformen und Pan-

oramablicke. Er nennt die Namen der wichtigsten Bau-
ten, ein paar historische Details; er kennt sich überall
aus, egal, wohin er uns schleppt, Städte, Landschaften,
Gebirge, Meere. Da meldet sich im Berufsoffizier keck
der einstige Geographielehrer.

Vater hat zu Hause überlegt, heute in Ausgeh-Uniform zu erscheinen, wie zu meiner Jugendweihe vor vier
Jahren. Er darf sie viel zu selten zeigen. Die Uniform
ist hellgrau, hat einen dünnen Ziergürtel, Kordeln über
der Brust, goldene, geflochtene Schulterstücke und drei
Sterne darauf. Jede Beförderung ergibt einen Stern
mehr; bei vier ist Schluß. Der Kragen ist türkis einge-
faßt, und auf den Spitzen kleben zwei winzige silberne
Flugzeuge wie aus dem Spielzeugladen.

Mutter hat diese Aufmachung wie immer zu auf-
fällig gefunden und Vater die Ausgeh-Uniform ausge-
redet. Also hat er seinen dunkelgrauen Zweireiher und
ein helles Hemd angezogen, den altrosafarbenen Schlips
umgebunden. Jetzt fallen sie nicht weiter auf zwischen
den anderen Anzügen und Kostümen, ein bißchen über
dem Durchschnitt liegen sie; so hat Mutter es gern.

Vater wendet sich von den Scheiben ab und prome-
niert in Richtung Saal. Karl, der den Panoramablick für
eine schnelle zweite Zigarette genutzt hat, drückt die
Kippe im Vorübergehen in einem der Aschenbecher
aus, die auf der Bar stehen. Wer weiß, wann die nächste
erlaubt ist.

An der Saaltür hält Vater die vier Karten bereit, sorgsam zum Fächer ausgebreitet liegen sie in seiner Hand. Er gibt der Einlaßdame den Fächer. Die klappt ihn zusammen und reißt alle Schnipsel auf einmal ab.

Vater orientiert sich kurz und weiß, wo unsere Plätze sind. Er läßt Mutter den Vortritt. Sie lächelt die Leute scheu an, bettelt mit den Augen, damit die aufstehen und uns durchlassen. Vater bedankt sich bei ihnen, Karl und ich tun es ihm nach. Wir sitzen in der Reihenfolge, die Vater vorgesehen hat: Mutter, Vater, ich, Karl.

Mutter holt die Brille aus dem Etui und putzt sie. Wenn sie Gesprächsfetzen erhascht oder Parfümschwa-den erschnuppert, geht das hektische Rundumgegucke wieder los.

Vater schlägt das Programmheft auf. Er studiert den Besetzungszettel, sucht nach bekannten Namen. Vater kann sich gut Namen merken, besonders von Promi-nenten. Er führt sie so oft im Mund, bis er das Gefühl hat, die Berühmtheiten persönlich zu kennen. Die Pro-grammhefte selbst liest er nicht, aber er sammelt sie auf einem Stapel im Schlafzimmerregal. Nach jedem Kon-zert, nach jedem Theaterbesuch schreibt er das aktuelle Datum auf die Titelseite und die Namen derer, die da-beiwaren. Vater schreibt die Namen nicht aus; er ver-wendet Kürzel, die am besten aus der ersten Silbe des Vornamens bestehen. Heute wird er schreiben: 31. 12. 88, Si, Eck, Ta. Aber was macht er mit Karl? Karl kann er nicht schreiben, nicht mal Ka, da müßte der schon zur Sippe gehören. Weglassen kann er Karl auch nicht, sonst stünde das ganze System in Frage. Hätte Karl irgendeinen Titel, würde das die Sache erleichtern: Prof. Kreu. Solch ein Kürzel würde Si, Eck, Ta die richtige Würze geben. Aber Karl hat keinen Titel, und so wird es auf ein störendes Karl Kreuschler hinauslaufen. Vater ist und bleibt der Wahrheit verpflichtet, aber er findet Wege, sich von ihr zu distanzieren: 31. 12. 88, Si, Eck, Ta, Karl Kreuschler.

So viele Menschen, flüstere ich Karl zu.

Ja, sagt Karl, ungeheuerlich.

Freiwillig würde Karl Silvester nicht in die Neunte gehen, schon gar nicht in den Palast. Der Große Saal hat etwas von einem Fußballstadion, ein Fußballstadion mit Deckel.

Alles klatscht. Alles sitzt. Der Dirigent hebt den Taktstock. Die Neunte beginnt.

Jedes Jahr frage ich mich, warum der ganze Chor sich gleich zu Anfang hinsetzen muß, wenn er doch erst ganz am Schluß singen darf. Hundert Mann, sie sitzen und sitzen und sitzen. Regt sich plötzlich doch einer von ihnen, hoffe ich, jetzt singen sie los!, aber nein, da wird unauffällig der Ärmel geradegezupft, sanft der Griff ums Notenbuch korrigiert, allerhöchstens die Fußstellung gewechselt – und wieder tut sich nichts. Es muß schrecklich sein, fast eine Stunde im Rampenlicht zu schmoren und sich nicht bewegen zu dürfen. Quälend lang werden die ersten drei Sätze, sinnlos und gemein; der Chor wartet, die Solisten warten, Tausende im Saal warten. Wir verharren in einer leichenähnlichen Starre, lassen uns von den pompösen Klängen erdrücken und schwitzen stumm unter dem Deckel vom Palast der Republik.

Neben mir schnauft Karl, ein langer Atmer aus den Tiefen einer geknechteten Seele. Ich sehe in ein Gesicht, das mit der Zeit kämpft, die nicht vergehen will. Auf Karls Stirn steht der Schweiß.

Taschentuch, frage ich leise.

Karl nickt. Ich beuge mich zu Vater, weil der immer eine angebrochene Packung Zellstofftaschentücher in der Innentasche seines Jacketts hat. Karl faßt mich am Arm und hält mich zurück, indem er den Kopf schüttelt und kurz die Augen schließt. Er will es nicht, er will von Vater kein Taschentuch. Karl dachte wohl, ich hätte selber eins. Aber Taschentücher vergesse ich seit eh und je.

Geht's, flüstere ich.

Ich sitz lieber am Rand, flüstert Karl.

Ich lege meine Hand auf seine; sogar der Handrücken ist feucht.

Achtung! Jetzt! Es geht los! In vollkommener Einheit schnellt der Chor von den Stühlen hoch. Genau gleichzeitig, als würden Marionetten an unsichtbaren

Fäden hochgerissen. Wie kann es sein, daß hundert Mann in einer Sekunde geschlossen aus dem Dämmer-zustand aufspringen und putzmunter sind? Das ist die schönste Stelle in der Neunten. Ich möchte zu gern wis-sen, wie sie das machen.

Im Saal hallt die Überraschung als ein Raunen wi-der. Endlich zahlt sich das Warten aus. Die Leute erwa-chen, schieben sich in ihren Sitzen gerade. Vater trom-melt auf der Armlehne verhalten den Takt mit, aber er trifft ihn nicht. Mutter lacht ihn immer aus, weil er kein Gefühl für Musik hat. Sie rutscht auf die Vorderkante ihres Sitzes, rückt die Brille zurecht. Mutter ist in ihrem Element. Sie war Musiklehrerin, bevor sie zur Schul-direktorin ernannt wurde. Seither ist die Lust am Musi-zieren verkümmert; geblieben ist die Überzeugung, mu-sikalisch zu sein.

Freude, Freude, Freude, singt der Chor. Das be-rühmte Motiv klingt schon verheißungsvoll an. Gleich kommt sie, die *Ode an die Freude*. Sie ist in der Tat be-freiend, ein den Saal flutender Regenguß nach der Dürre. Wer bis hierher durchgehalten hat, der wird reich belohnt. Rührung, Ergriffenheit, Stolz; ein univer-sales Hochgefühl erfaßt die Menschen im Palast der Republik; Gänsehäute, fette Klöße in den Hälsen, weg-gewischte Tränen. Glücklich, wer hier dabeisein darf.

Freude, schöner Götterfunken,
Tochter aus Elysium,
Wir betreten feuertrunken,
Himmlische, dein Heiligtum.
Deine Zauber binden wieder,
Was die Mode streng geteilt;
Alle Menschen...

Was die Mode streng geteilt? Wieso Mode? Was wissen
Beethoven und Schiller schon von Mode? Was soll das
bedeuten?

Daß Mutter mit ihrem Blümchenkostüm und den
Pumps, daß ich mit meinem Schlumperrock und den
Stiefeln, daß Karl mit seinen Jeansklamotten, daß sogar Vater, sogar Vater mit der Ausgeh-Uniform – daß
wir alle Brüder werden? Egal, was wir anhaben? Wir
müssen uns einfach nur freuen, zur selben Zeit am selben
Ort gemeinsam freuen. Dann wirkt der Zauber. Dann
jubeln wir engumschlungen unter Götterfunken. Mutter, ich, Karl und Vater, wir liegen uns in den Armen,
zärtlich berührt vom Flügel der himmlischen Tochter.
Wenn wir uns nur freuen.

Aber worüber? Über was sollten wir vier uns zur
selben Zeit am selben Ort freuen können? Jeder von uns
freut sich doch über etwas anderes. Ich freue mich, wenn
der Chor aufspringt, Mutter freut sich, daß sie den
ganzen Text auswendig kann, Vater freut sich, daß er

dabeisein darf, und Karl freut sich, wenn er hier heil wieder rauskommt. Ich freue mich, wenn Karl nackt am Tisch die Oberarmmuskeln testet, Karl freut sich, wenn ich ihm von *Bärchens Traum* erzähle, Vater freut sich, wenn er bedeutende Persönlichkeiten trifft, denen er die Hand schütteln kann, und Mutter freut sich, wenn sie möglichst keinen trifft, den sie kennt, jetzt, wo sie uns im Schlepptau hat, Karl und mich.

Vater ignoriert uns einfach, wir prallen an ihm ab wie alles, was ihm nicht paßt oder was er nicht gleich versteht; Mutter aber, die schämt sich für uns. Sie schämt sich für mich und für diesen Mann, diesen nach kaltem Rauch stinkenden Künstler, der sich in abgewetzten Jeans und ausgelatschten Turnschuhen in den Palast traut, der nicht einen Funken Achtung für Beethovens Neunte oder das prächtige Ambiente aufbringt und der sich ein blutjunges Ding an Land zieht, das gut und gern seine Tochter sein könnte.

Dieser Mann, Karl Kreuschler, der sanftwütigste aller Schauspieler, Karl, der sich mit mir auf der Erde kugelt, Karl, der mich in den Schlaf brummt, Karl, in dessen Bärentatzen mein Gesicht paßt; dieser Karl ist für Vater und Mutter ein Schlag in die Fresse.

Bravo! Bravo! Bravo!, rufen sie. Der Saal ist außer sich. Der Applaus donnert in meinen Ohren. Das Publikum vermag den Jubel am Schluß der Neunten noch zu überbieten. Freude, Freude, Freude. Wir erheben uns von unseren Plätzen. Vater klatscht mit den Händen hoch über dem Kopf, streckt den Hals, um die Prominenz besser sehen zu können, ruft Bravo! und noch mal Bravo!; Mutter strahlt ihn an, jetzt schäme ich mich. Ich sehe zu Karl. Er ringt sich ein Lächeln ab, halb mild, halb weise, und entzieht mir seinen Blick.

Draußen achtet Vater darauf, daß wir den anderen Leuten, die aus dem Saal drängen, nicht im Wege stehen. Er schiebt Mutter und mich am Oberarm in eine ruhige Ecke, die er schon erspäht hat und für geeignet befunden zum Sammeln und zur Lagebesprechung. Von den edlen Gefühlen, die die Neunte ausgelöst hat, profitiere ich. Vater redet wieder mit mir. Ich habe meine Strafe abgesessen. Und obwohl er hart daran arbeitet, seinen neutralen Gesichtsausdruck wiederherzustellen, sehe ich diesen Rest Augenfeuchte; er versucht, ihn mit dem Kehlkopf wegzuschlucken, und schlägt vor, ein Bier trinken zu gehen. Er weiß auch schon wo. Ich nicke.

O ja, ein Bier, sagt Karl.

Er hat sich eine Zigarette angezündet, die rechte Hand verschwindet in der Hosentasche; so dringend sollte sein Wunsch nicht klingen. Mutter lächelt, ein bißchen mitleidig, aber sie lächelt.

Ich bin noch ganz in der Musik, sagt sie.

Vater wendet sich zum Gehen. Unten läßt er sich die Garderobenmarke von mir geben und stellt sich in der Schlange an. Mutter, Karl und ich warten vor den Spiegeln.

Diesmal ist das Palastprogramm so kurz ausgefallen wie noch nie, durch meine Schuld. Jetzt ärgere ich mich selber, daß wir zu spät gekommen sind. Denn so, wie Vater die Gewohnheit hat, vor Beginn der Veranstaltung um die gläserne Blume zu flanieren und sich in die Gemälde der sozialistischen Realisten zu vertiefen, die riesenhaft an den Wänden hängen, pflege ich den Brauch, an der Foyerbar oder im Lindenrestaurant einen Löffel, ein Messer, ein Cocktailglas – was sich gerade anbietet – mitgehen zu lassen. Aber heute habe ich keine Chance. Ich besitze bereits die komplette Ausstattung für ein Abendessen zu zweit, samt Tellern; was mir noch fehlt, sind Kaffeetassen. Nicht nur ich, alle meine Freunde haben in ihren Küchenschränken die kostbaren Teile mit dem verschnörkelten PdR-Zeichen, und auch die Familien aus der Provinz, die einen Ausflug in die Hauptstadt machen, stecken wenigstens eine Kuchengabel ein. Es gibt kein schöneres Andenken an das erste Haus am Platz als ein auf diese Weise erstandenes. Im Laufe der Jahre hat sich die Sache zu einem heimlichen Volkssport entwickelt; daheim zeigt man einander seine Schätze und erzählt sich die ulkigen Geschichten ihres Erwerbs.

Hinter dem stählernen Rücken meines Vaters, der andächtig die Kunstwerke von Willi Sitte und Lothar

Zitzmann studiert, räumt das Volk seinen eigenen Tempel leer; fein säuberlich und gerecht teilt es das Inventar unter sich auf. Und ohne je zu murren, stockt eine niemals versiegende Quelle still und leise den Bestand an Tellern, Gläsern, Löffeln wieder auf.

Vater gibt Karl die Jacke, hilft Mutter in den Mantel. Ich schlüpfe in meinen. Vater hält uns alle Türen auf. Paarweise gehen wir links um den Palast herum, dann über die Spreebrücke. Mutter hat sich bei Vater eingehakt; ich glaube, in ihrem Gang ein unterdrücktes Humpeln zu erkennen.

Karl zieht an seiner Zigarette und bläst weiße Wolken in die Kälte. Meine Hand sucht seine, findet sie und läßt sich von fünf warmen Fingern und einem heißen Handballen umschließen.

Vater dreht sich um, aber nicht zu uns. Wir folgen seinem Blick, nach hinten, nach oben, zum Palast, der mit scharfen Kanten in die Dunkelheit gerammt ist, bombastisch und strahlend hell, so daß sich die ersten Silvesterraketen über der Stadt wie müde blinkende Glühwürmchen ausnehmen.

Lampenladen, sagt Karl mit gedämpfter Stimme.

Wir erreichen das Nikolaiviertel, Berlins neuestes Vorzeigestück.

Vater steuert auf die Gerichtslaube zu. Wir schieben uns zu viert durch den Vorraum und verstopfen die innere Tür; weiter geht es nicht. An den Tischen, am Aus-

schank, in den Gängen gutgekleidete Menschen mit glä-
sernem Blick und Papphütchen auf den Köpfen. Die
Kellnerin windet sich durch die Gäste und balanciert
hoch über sich ein Biertablett; es streift fast die Girlan-
den, die von der Decke hängen.

Wir stehen wieder auf der Straße. Vater weiß eine andere Kneipe, nicht weit von dieser; gehen wir eben dahin. Aber auch aus dem Nußbaum schlägt uns Geläch-
ter entgegen, Stimmungsmusik, blauer Dunst, Leute,
die sich in bester Laune gegenseitig in die Ohren brüllen. Für uns gibt es kein Reinkommen.

Ohne Reservierung ist im Nikolaiviertel nichts zu
wollen, schon gar nicht am Silvesterabend. Vater jedoch
gibt nicht auf; Abmarsch in Richtung Rippe. Über das
mittelalterliche Kopfsteinpflaster schlurfen Karl und ich
den beiden hinterher. Vater schreitet durch die historien-
geschwängerte Luft um die Nikolaikirche, Mutter stol-
pert, weil sie mit den Absätzen zwischen den glatten,
runden Steinen hängenbleibt.

Wir betreten die hoffnungslos überfüllte Rippe, aber
jetzt bahnt Vater uns den Weg. Er beugt sich zum
schwitzenden Kellner hinab, sagt irgend etwas, der
Kellner nickt knapp. Wir drängeln Vater hinterher;
zwei, drei Meter vom Eingang entfernt stecken wir fest,
hier bleiben wir. In dritter Reihe stehen Karl und Vater mit dem Rücken zum Tresen; Mutter und mir kleben
die Lehnen zweier Stühle am Hintern, und ab und zu

bohren sich uns die Köpfe der Glücklichen, die darauf sitzen, ins Kreuz. An Mantelausziehen ist nicht zu denken; eher könnte Mutter, ohne zu fallen, beide Beine anwinkeln und mit den schmerzenden Füßen wackeln. Obwohl wir noch nicht bestellt haben, reicht uns der Kellner durch die Menschen vier Gläser Bier, denen der Schaum über die Außenseite läuft: zwei große für Vater und Karl, für Mutter und mich je ein kleines.

Zum Wohl, sagt Vater.

Prost, sagt Karl.

Ich stoße mein Glas dumpf gegen Mutters, gegen Vaters, gegen Karls; die tun es mir nach. Wir trinken, nicht nur aus Durst, sondern vor allem, um den zusätzlichen Ballast bald wieder loszuwerden. Mutter fällt das Schnelltrinken schwer; etwas Schaum ist ihr auf den Mantel getropft, die Hand ist naß, und jedes Mal, wenn sich der fremde Kopf in ihren Rücken drückt, dreht sie sich erst mit strengem Blick um und sucht dann mit großen Augen Verbündete, die sich ihrem Vorwurf anschließen. In Vater, in mir, nicht in Karl, der macht alles nur noch schlimmer; er hat sich eine Zigarette angesteckt und weiß weder, wo er den Qualm hinpusten soll, noch, wohin die Asche abklopfen.

Und Sie sind also Schauspieler, fragt Vater.

Ja, sagt Karl und bläst den Rauch senkrecht in die Höhe.

Hier in Berlin, fragt Vater.

Er glaubt es einfach nicht, oder wenigstens meint er, daß ein gewaltiger Haken an der Sache sein muß, denn der Name Karl Kreuschler sagt Vater nichts. Sobald er Karls Namen zum ersten Mal in irgendeinem Programmheft liest, wird Vater umdenken müssen.

Seit September, an der Volksbühne, sagt Karl.

Mutter unterbricht sich in der Anstrengung, Karl interessiert ins Gesicht zu schauen, indem sie an ihrem Bierglas nippt. Vater sieht mich an.

Und was machst jetzt du da, fragt er.

Ich hospitiere auf den Proben, sage ich.

Vater grinst. Er nimmt einen großen Schluck Bier.

Du kochst Kaffee, sagt er.

Ich schaue zu, sage ich.

Meine Worte zerfallen in Vaters Ohren zu Staub.

Beobachten und beschreiben, das macht sie, sagt Karl.

Karl rettet mich. Das vergesse ich ihm nie.

Probennotate, sage ich, weil das ein beeindruckendes Wort ist.

Mutter lüftet nervös den Mantelkragen.

Tanja ist gut, sie hilft uns, nur so kann man es lernen, sagt Karl.

Was lernen, fragt Vater.

Wie das Theater funktioniert, sagt Karl.

Schon fängt das Flammen in Karls schönen Augen an. Mutter erschrickt darüber und holt sich mit ihren

Augen aus Vaters Gesicht schnell eine Portion Über-
legenheit ins eigene. Vater sagt nicht, was er weiß: daß
Künstler die Nächte versaufen und nach Strich und
Faden herumhuren. Aber er läßt uns wissen, wie er das
findet.

Studieren muß man wohl nicht mehr, fragt Vater.

Naja, muß man auch, vielleicht, aber reichen wird
das nicht, sagt Karl.

Unsere Gläser sind leer, bis auf Mutters. Vater
nimmt es ihr aus der Hand. Er öffnet den Mund wie
einen Schnabel, kippt den Rest Bier hinein und bezahlt.

Draußen wedelt Mutter mit dem Mantel, so will sie
den Gestank abschütteln. Vater schiebt Karl mit dem
Händedruck von sich weg und lächelt sachlich.

Danke für die Einladung, sagt Karl.

Vater reagiert nicht. Er hält mir die Hand hin. Ich
lege meine hinein. Er drückt zu und erinnert mich
daran, daß ich einen Ring trage.

Wiedersehen, guten Rutsch, sagt Mutter zu Karl.

Guten Rutsch, ach ja, sagt Karl und lacht.

Tschüs, sagt Mutter, zieht mich mit der Hand zu
sich, streichelt mich flüchtig mit der anderen und wirft
mir einen Blick zu, von dem sie selber nicht weiß, was
er zu bedeuten hat.

Melde dich, sagt Vater noch.

Sie ziehen ab zum S-Bahnhof. Vater und Mutter

müssen nach Marzahn, bei einem von Vaters Kollegen feiern. Ich frage mich, wie Mutter mit diesen Pumps bis ins nächste Jahr kommen will. Sie werden ein Taxi nehmen, nach Hause.

Karl greift nach meiner Hand. Wir machen uns auf den Weg, planlos, in die entgegengesetzte Richtung.

Gibst du mir eine, frage ich.

Karl bleibt stehen. Er holt die Zigaretten aus der Brusttasche. Ich ziehe eine aus der Schachtel, Karl auch. Seine Hand schützt die Flamme, als er uns Feuer gibt.

Ich will die Hand nehmen und weitergehen; was ich zu fassen kriege, ist ein Teelöffel, mit PdR-Zeichen. Ich lache Karl ins Kindergesicht.

Wo hast du den her, frage ich.

Mein erster, sagt Karl.

Wir beschließen, nicht den Bus zu nehmen. Wir laufen lieber ins Theater; es ist erst halb zehn.

Wie geht denn Bärchens Traum, fragt Karl.

Ich atme den Duft von Karls Haut. Ich küsse Karls Mund. Ich grabe mein Gesicht in Karls Fellkragen.

Ich weiß nicht mehr, sage ich.

Karl fährt mit der Bärentatze durch meine Haare.

Gar nichts, fragt er.

Doch, der hatte einen ganz großen Kopf, sage ich.

Karl gluckst. Karl brummt. Karl schnauft.

Sie sagen, daß du mein Vater sein könntest, sage ich.

Karl nimmt mein Gesicht in seine Hände. Mit den Daumen streicht er über meine Augenbrauen. Die Finger berühren sich fast in meinem Nacken.

Bin ich aber nicht, sagt er, bin ich aber nicht.

ZWEIUNDSIEBZIG SCHRITTE

Ab Bordsteinkante Drieselstraße begann ich zu zählen. Hier hatten Nina und ich damals den lahmen Spatzen aufgelesen. Wir hatten ihn so in Ninas Schal gewickelt, daß nur das Köpfchen herausguckte, und ihn vorsichtig nach Hause getragen. Seither zählte ich, wann immer ich diesen Weg ging, die Schritte von der Bordsteinkante Drieselstraße bis zur Nummer achtundzwanzig, Ninas Hauseingang.

Es waren zweiundsiebzig, und ich fragte mich, wieso ich das nie mit Nina besprochen hatte. Sie wußte überhaupt nichts davon. Dabei waren es seit eh und je zweiundsiebzig Schritte. Das bedeutete, daß ich seit einer Ewigkeit ausgewachsen sein mußte. Ich hatte meine endgültige Körpergröße und das dazugehörige Schrittmaß bereits vor vielen Jahren erreicht und fühlte mich doch immer noch, als wäre ich gerade zwölf geworden.

Ich öffnete die Haustür; sie knarrte lauter als früher. Auf halber Treppe lag ein Hundehaufen, bestimmt vom Schlemm-Heise-Köter. Entweder er oder sein Besitzer schafften es wohl nicht mehr bis auf die Straße. Das Haus war noch ein Stück weiter heruntergekommen.

Nina führte mich in den roten Salon, wie sie das ehemalige Kinderzimmer mit gespitzten Lippen nannte. Sie hatte sich vor zwei Wochen neue Auslegware geleistet, tiefrot und weich, die jetzt Wellen durch das leere Zimmer schlug. Ich berührte mit der Fußspitze eine der Wellen, um sie zu glätten. Aber der samtene Boden gab nicht nach, als wäre er festgegossen.

Hier kannst du dich einrichten, sagte Nina.

Nina kam mit zwei von den guten Gläsern in die Küche. Sie entkorkte die Weinflasche und fragte, wann denn Benno käme, und ob er es schon wisse.

Ach, Benno, sagte ich, Benno kommt morgen mit dem Zug, vierzehn dreiundvierzig, wenn alles so bleibt.

Er wußte nicht, daß ich mich in der vergangenen Nacht von Karl getrennt hatte. Ich mußte Benno nachher anrufen, unbedingt.

Ninas Küchentisch war zugestellt mit lauter sinnlosem Zeug. Alles, was sie einmal hereingeschleppt oder aus dem Schrank geholt hatte, war nach Gebrauch einfach zur Seite geschoben worden. Ich konnte mir anhand dieser Requisitensammlung ein ungefähres Bild von dem Leben machen, das sich in der letzten Zeit hier abgespielt hatte: Vier blankgeleckte Teelöffel, eine angebrochene Großpackung Aspirin plus C, drei Papierschirmchen, die mal auf Eisbechern gesteckt hatten, ein fast leeres Glas Honig ohne Deckel, Ninas Bibliotheks-

ausweis, zwei Rollen Traubenzucker, eine kleine Plüsch‧
kuh, die sich mit den Vorderhufen an den Stamm des
Pfennigbaums klammerte, auf dessen fetten Blättern
eine Schicht Staub lag, fünf stumpfe Bleistifte, ein Pro‧
bierfläschchen Parfüm, Sojasauce, ein Dutzend bunte
Glasperlen, ein Theaterspielplan vom letzten Monat,
das Werbeblatt eines Pizzaservice, eine halbvolle Flasche
Rum, zwei Feuerzeuge, wahrscheinlich leer.

Für den Aschenbecher, die Weingläser und unsere
Unterarme blieb noch ein Drittel der Tischplatte. Ich
ahnte, daß auch dieses Territorium Tag um Tag weiter
schrumpfen würde. Eher würden wir an den Tisch im
Wohnzimmer ausweichen, als hier gründlich auszumi‧
sten; Nina, weil sie Wichtigeres zu tun und sich damit
abgefunden hatte, daß der Haushalt sie überforderte,
und ich, weil ich soeben einen Haushalt verlassen hatte,
in dem die freie Fläche durch mein andauerndes Räu‧
men, Ordnen, Putzen endgültig den Sieg errungen
hatte. Ich fühlte mich von dem Chaos beleidigt, um
Lichtjahre zurückgeworfen, und die einzige Möglich‧
keit, mein Scheitern zu ertragen, schien mir darin zu
bestehen, dieses Chaos grundsätzlich zu ignorieren.

Wir hatten die Flasche ausgetrunken, und ich holte
noch eine vom Spätverkauf gegenüber. Als ich wieder‧
kam, begann Nina von der Zukunft zu sprechen, und
zwar von unserer gemeinsamen und nur von der ganz
nahen. Sie sagte, daß wir morgen früh aufstehen und

frühstücken, dann den roten Salon gemütlich machen würden, daß die alten Koffer ihrer Eltern noch auf dem Zwischenboden im Korridor lagerten und wir damit alle meine Sachen aus Karls Wohnung transportieren könnten, irgendwann später, das habe Zeit, vorher würde sie mir alles borgen. Morgen wollte sie Jeff, ihren Schauspieler-Freund, bitten, die Schlafmatratze aus seiner Wohnung zu bringen, da er sowieso entweder bei ihr oder gar nicht schliefe.

Als auch die zweite Flasche Wein leer war, fiel mir plötzlich auf, was Nina von allen anderen unterschied: Ohne je den Überblick zu haben, hatte sie die Begabung, aus dem Wirrwarr immer genau das Detail herauszupicken, das sie unbedingt als nächstes brauchen würde, damit das Chaos nicht über sie hereinbrach. Niemals mit fliegenden Fahnen, dafür schrittchenweise, mit gesenktem Blick, schob sie sich durch das Leben; jetzt schob sie uns beide. Stundenlang konnte sie an einer ausgesuchten Kleinigkeit herumfingern – einmal sah ich sie das Tafelsilber ihrer Oma wienern –, so vertieft, daß sie einen imaginären Kokon um sich spann, während draußen die Welt verrückt spielte. Auf diese Weise überstand Nina jeden Strudel. Eigentlich waren es immer nur zwei Dinge, vor denen Nina und ich kapitulierten: Das Große und das Ganze.

Obwohl mir meine Zunge geschwollen vorkam und am Gaumen klebte, griff ich nach dem Rum. Dabei verstand ich, daß Ninas voller Küchentisch nichts anderes war als die Zusammenfassung der Wohnung, die stumm das in Schichten abgelegte Gerümpel ihrer einstigen Bewohner barg, und in der ich vielleicht hausen, aber nie zu Hause sein würde.

Wolltest du nicht Benno anrufen, fragte Nina.

Sie gähnte. Ich stemmte mich vom Tisch hoch und sagte Bennos Handynummer auf: null-eins-sieben-zwei-sieben-zwei-zwei-acht-eins-vier-vier. Ja, jetzt war ich in der richtigen Stimmung, um Benno mit der Katastrophe zu konfrontieren.

– Benno Beyer, Institut für Fruchteis, Sie wünschen?

– Ich habe mich letzte Nacht von Karl getrennt. Wegen dir.

Benno schwieg. Das hatte ich kommen sehen. Ich trank einen Schluck von dem Rum, den ich aus der Küche mitgenommen hatte. Benno schwieg, weil er sich meiner Botschaft entziehen wollte. Es war wie auflegen, nur teurer, sechzig Pfennig die Minute. Andere Leute nahmen vielleicht Unmengen an Redezeit in Anspruch, die ihnen nicht zustand, Benno hingegen beanspruchte Schweigezeit für sich, und das fand ich noch viel vermessener. Ich hörte nichts als ein windiges Rauschen.

Die ganze Wohnung war dunkel. Nina war schon schlafen gegangen. Ich wollte ins Bad, aber ich konnte den Lichtschalter nicht finden. Als ich mich ins Schlafzimmer tastete, stieß ich mit einer offenstehenden Schranktür zusammen. Es knallte. Ich rieb mir die Stirn.

Ich kroch zu Nina ins Bett, wie es sonst bestimmt Jeff tat, in das Bett, das ihr Vater aus viel Holz selbst gebaut hatte, in das Bett, von dem wir einst die blutigen Laken gezogen hatten. Nina begann, meinen Rücken zu kraulen, so lange, bis ich eingeschlafen war.

In der Schlafzimmertür stand in einem langen Kaschmirmantel Benno mit dunkel umrandeten Tieraugen. Das Hemd, das er unter dem Mantel trug, hatte ein grün-rotes Karomuster, welches dem Bezug von Ninas Federbett glich. Hinter Benno erschien Nina im Bademäntelchen, völlig verschlafen, es war erst halb zehn. Sie mußte ihm die Tür geöffnet haben. Wie war Benno so schnell hierhergekommen?

Benno zog die Mundwinkel und die Brauen nach oben, um Fröhlichkeit und Tatendrang zu verbreiten, und drückte Nina einen prallen Stoffbeutel in die Hand. Mir warf er einen zwei Kilo schweren Bildband auf die grün-rot karierte Bettdecke, der den Titel *Der Kampf der Geschlechter* trug. Dann machte sich Benno an seiner abgeschabten Ledertasche zu schaffen, aus der er mit etwas Mühe ein Faxgerät zum Vorschein brachte.

Was ist das denn, fragte Nina.

Sie hatte den Stoffbeutel ausgepackt und kniete vor

einem Frischwurstpaket von der Größe einer Autobatterie. Aber Benno schwieg nur und machte sich auf den Weg zur nächsten Steckdose, um das Faxgerät zu testen. Ich stieg aus dem Bett und wußte nicht, wohin mit dem Bildband. Benno erklärte Nina, daß sie, wenn sie ihre Casting-Agentur eröffnen wolle, um Jeff und ihn erfolgreich zu vermitteln, doch wohl als erstes ein Faxgerät brauche.

Nina sah mich an. Da von mir auf die Schnelle keine Hilfe kam, starrte sie wieder auf das Wurstpaket und hob es hoch.

Ich mach erst mal Frühstück, sagte sie und verschwand in die Küche.

Benno klaute nicht wie Nina – früher Brausepulver für fünfzehn Pfennig und jetzt Wimperntusche für vierzehn Mark neunundneunzig –, Benno klaute im großen Stil: geschmackvoll, originell und so, daß es sich lohnte. Ich überschlug den Warenwert. Die Wurst vierzig, der Bildband achtzig, das Faxgerät fünfhundert Mark; Benno war mit über sechshundert Mark in Form von Naturalien hier angetreten. Mit der zärtlichen Fürsorge eines Katers, der nachts tote Mäuse vor Frauchens Haustür legt, kümmerte sich Benno um Nina und mich. Diese Geschenke waren gewissermaßen sein Einstand. Sie drückten seinen Wunsch aus, dabeizusein, und sie waren – wie sich später herausstellte – seine Art, sich an der Monatsmiete von knapp neunhundert Mark zu beteiligen. Über Karl, über mich, über uns verlor Benno kein Wort.

Und der Mantel, fragte ich.

Siebenhundert Eier, sagte Benno.

Der Mann, der bei Peek vor ihm bezahlt habe, sei unaufmerksam gewesen, langsam, außerdem genauso groß wie Benno, da habe er die Tüte mitgenommen, einsam, wie sie nun mal auf dem Ladentisch herumgestanden habe.

Benno lachte mich an. Dann breitete er seine Arme aus, und ich lief da hinein, ließ mich ummänteln und rührte mich nicht.

Karl tut mir so leid, hörte ich Benno flüstern. Ich schluckte.

– Mir doch auch.

Benno verehrte Karl. Er hatte ihn zweimal auf der Bühne gesehen, einmal im Fernsehen, und ich mußte Benno nachts immer wieder die fünf romantischen Geschichten erzählen, die ich mir aus Karls zweiunddreißigjährigem Schauspielerleben gemerkt hatte, damit Benno die Zweifel los wurde, die ihn plagten, seit er vor zwei Wochen den Test an der Schauspielschule bestanden hatte. Natürlich verehrte auch ich Karl. Ich himmelte ihn sogar an, immer noch, und seit der vorletzten Nacht, in der ich um null Uhr neunundvierzig die drei Worte über die Lippen gebracht hatte, so sehr wie nie zuvor.

Mir fielen die Schuhe ein, die ich Karl zuletzt gekauft hatte. Halbhohe, schwarze Schnürschuhe, gefüttert, Größe dreiundvierzig, neunundsechzig Mark. Obwohl schon Winter war, lief Karl, stur und unverbesserlich, in Turnschuhen herum. Du wirst dir noch den Tod holen, hatte ich zum hundertsten und letzten Mal lamentiert. Ich wußte ganz genau, daß Karl diese Schuhe nie tragen würde.

Es klingelte. Jeff stand mit der Matratze vor der Tür und fragte, wo denn bitte schön er jetzt schlafen solle.

Na bei mir, Frühstück ist fertig, sagte Nina.

All den Krempel vom Tisch hatte sie beiseite geschafft, auf das Fensterbrett und die Anrichte. Jeff, Benno und ich standen um den Tisch herum, auf dem vier rote Kerzen brannten und Wurstvariationen mit drei Papierschirmchen verziert auf ihren Verzehr warteten.

Ist irgendwas Besonderes, fragte Jeff.

Weil er immer alle Geburtstage vergaß, schaute Jeff mit geschult defensiver Miene hinter seinen ungekämmten Haaren hervor wie ein Hushpuppy. Aber heute hatte niemand von uns Geburtstag. Die nächste würde ich sein, am 20. Februar; am 4. Juni wäre Karl dran, dann Benno am 15. Juli, dann Nina am 8. August und in fast einem Jahr wieder Jeff, der gerade sechsundzwanzig geworden war, am 3. November.

Wir sind jetzt eine Art WG, sagte Nina und erhob feierlich die Kaffeetasse.

Wir prosteten einander zu und setzten uns: Jeff, der so dicht neben Benno ganz winzig wirkte, in die hinterste Ecke auf den orangen Plastehocker, Nina und Benno auf die Holzstühle aus dem Wohnzimmer und ich in den Fünfziger-Jahre-Sessel, der zwar für diesen Tisch viel zu niedrig, aber ansonsten sehr bequem war. Die Sitzordnung behielten wir instinktiv bei; ab diesem Tag, dem neunzehnten November, der ein Dienstag war, hatte jeder von uns wenigstens einen Stammplatz im Chaos.

Ich geh ins Kino, sagte Nina.

Sie ging oft ins Kino, dreimal die Woche, meistens allein. Jeff hatte keine Zeit für Kino; er probte wie immer an einem problematischen Projekt. Das hieß, daß er, falls er die letzte U-Bahn um ein Uhr dreiundfünfzig überhaupt erwischte, fünfeinhalb Stunden an Ninas Seite schlief, sich am Morgen in seine Klamotten schmiß, zwei Aspirin plus C mit einem schwarzen Kaffee hinunterspülte und aus der Wohnungstür stürzte.

Nina wollte gern im Filmgeschäft arbeiten. Produktionsassistenz oder Aufnahmeleitung, sagte sie immer. Momentan wollte ihr niemand Arbeit geben, also ging sie eben ins Kino. Sie informierte sich auf diese Weise über das Geschehen in der Branche und tauchte gleichzeitig in die abgedunkelte Welt ein, in der sie für zwei

Stunden jede Verantwortung abgeben und sich an den großen Gefühlen berauschen konnte.

In Zeiten aber, in denen Nina einen Job beim Film hatte, ging es ihr so ähnlich wie Jeff: Sie arbeitete sechzehn Stunden für die Produktion und kam nur zum Schlafen nach Hause. Ich hatte keine Ahnung, was genau Nina in diesen sechzehn Stunden eigentlich tat. Wenn ich sie danach fragte und sie mir in einer Mischung aus Fachbegriffen und Gefühlsworten antwortete, verstand ich es vielleicht für eine Minute, vergaß es dann aber sofort wieder.

Nina fragte mich, ob ich mit ins Kino gehen wolle, aber ich schüttelte bloß den Kopf, und sie wußte schon, daß ich auf Benno wartete. Ich wartete immer auf Benno, denn er sagte nie vorher, wann er kommen würde. War er endlich da, gab ich ihm die Schuld dafür, daß ich meine Zeit mit Warten verplempert hatte. Immerhin verbrachte ich pro Tag durchschnittlich neun Stunden damit, Duschen, Einkaufen, Telefonieren und Zeitunglesen abgerechnet.

Nina zog die Reißverschlüsse ihrer Stiefel zu, steckte den Schlüssel in die Manteltasche und wickelte sich den Schal zweieinhalbmal um den Hals. Sie gab mir einen Kuß und öffnete die Wohnungstür. Da stand Benno auf der Schwelle. Nina zuckte zusammen und verdrehte die Augen. Auf die Dauer konnte Benno, der ewige Überraschungsgast, anstrengend werden.

Der Herr Schlemm-Heise fährt im Hausflur Wasser-ski, sagte Benno.

Er mußte die Sache dreimal pantomimisch darstellen, bis uns dämmerte, was er meinte. Herr Schlemm-Heise, der sozial und gesundheitlich schwer angeschlagene Nachbar, besaß schon immer einen deutschen Schäferhund. Das Verhältnis der beiden hatte sich in den letzten sechs Jahren dahingehend verändert, daß nur noch der Hund sein Herrchen zog, und das mit gut zwanzig km/h. Zwar machte sich Herr Schlemm-Heise steif und stemmte sich mit dem ganzen Körper gegen die Zugrichtung; aber so konnte er auf den glatten Hausflurfliesen die Geschwindigkeit nur geringfügig drosseln.

Die Werbung läuft schon, sagte Nina und rannte die Treppe hinunter.

Benno ließ sich von mir in den roten Salon ziehen. Wir zogen uns aus und legten uns auf Jeffs Schlafmatratze. Das war der Moment, auf den ich immer wartete; es war der einzige, der meine ganze miese Lage rechtfertigte. Bennos Hände umschlossen meine Körperteile, eins nach dem anderen, und ich hätte nichts dagegen gehabt, auf Nimmerwiedersehen in diesen Händen zu verschwinden.

Jeffs Schlafmatratze bestand genaugenommen aus drei Matratzenteilen, die ein Spannbettlaken nur optisch zusammenhalten konnte. War ich allein und betrunken, fiel ich auf dem Konstrukt in einen tiefen Schlaf und erwachte morgens um zehn mit der Vorstellung, mich nicht ein einziges Mal bewegt zu haben. War jedoch Benno bei mir, bewegten wir uns immerzu, und die drei Teile rutschten sofort und ohne jede Gegenwehr auseinander. Wir schoben sie wieder zusammen, an die vierzig Mal pro Nacht. Anfangs spornte uns der Kampf mit der Materie an; schließlich war es eine Sisyphusarbeit, die sportliche Ausdauer, tiefes Begehren und Schamlosigkeit voraussetzte. Den Umständen zum Trotz begannen wir unsere Nächte immer wieder auf dem Dreiteiler, rollten uns nach heiterer Erwärmung auf den roten Teppichboden und liebten uns zwischen zwei stumpfwinklig aufeinanderstoßenden Wellen weiter. Ich entwickelte insgeheim die These, daß der Besitz eines intakten Schlafmöbels bereits das Ende der Beziehung einläute. Das war die faule Ausrede dafür, daß ich es nicht fertigbrachte, irgendwoher ein normales Bett zu beschaffen. Folgten drei dieser Nächte mit Benno aufeinander, war ich mir nicht mehr sicher, ob ich nicht ein intaktes Schlafmöbel – Karl und ich hatten ein zwei mal zwei Meter großes Futonbett gekauft – der intakten Beziehung vorzog. Ich verübelte es Benno, daß er nicht endlich ein Bett besorgte, anstatt Wurstpakete und Faxgeräte anzuschleppen.

Benno flüsterte mir etwas ins Ohr und erhob sich von mir. Ich bedauerte das, denn war er auch erschöpft, so war er doch immer noch eine grandiose Zudecke. Er kroch auf allen vieren auf den Dreiteiler zurück, ließ sich fallen und schlief ein. Ich wollte mich ein Weilchen dazulegen, mich wärmen lassen und ihn am Schlafen hindern, aber ich tat es nicht. Nach zehn, spätestens fünfzehn Minuten mußte ich, damit wenigstens einer von uns Erholung fand, doch in den Schlafsack hinein, der ausgebreitet auf dem harten Boden lag.

Benno atmete gleichmäßig und geräuschvoll, er brauchte vier Sekunden pro Atemzug. Keinerlei Zucken entstellte sein Gesicht. Seine langen Beine hingen über den Matratzenrand, und die Bettdecke war ihm einen halben Meter zu kurz. Ich verkleinerte Benno maßstabsgerecht vor meinem inneren Auge und sah, wie er mit wackelndem Kopf und schlappen Gliedmaßen in den Armen seiner Mutter hing – eingeschlafen, bevor sie ihn hatte ins Bett legen können.

Ich hatte Lust, das Fenster zu öffnen, und bemerkte, daß ich das, seit ich hier im roten Salon wohnte, noch nie getan hatte. Deshalb ließ ich es auch jetzt sein und blieb reglos auf dem Teppich sitzen.

Ich war froh, als ich um halb eins hörte, wie Nina leise den Schlüssel ins Schloß steckte und die Wohnungstür öffnete. Ich zog den Bademantel über und trat in den Flur.

Mach ruhig Licht, sagte ich und drückte dabei selbst auf den Schalter neben der Zimmertür. Nina stand da wie ertappt und blinzelte. Sie kam mit roter Nase und verheulten Augen aus der Kälte.

O je, sagte ich.

Ich knipste das Licht auf der Stelle wieder aus. Nina mußte lachen.

– Schöner Film. Kann man nicht erzählen.

In der Küche zündete ich eine Kerze aus der Zehnerpackung an. Dann machte ich die Weinflasche auf. Nina fror und schniefte. Ich wickelte sie in die Bettdecke aus dem Schlafzimmer ein und setzte sie in den Fünfziger-Jahre-Sessel. Nina zog die Beine an. Sie versteckte ihr Gesicht im Federbett, weil sie sich schämte, so hemmungslos vor mir herumzuheulen. Sie fuchtelte mit einer Hand durch die Luft, damit ich aufhörte, sie anzusehen. Und obwohl der Bettbezug immer nasser wurde, hörte ich Nina kichern. Sie kicherte und heulte gleichzeitig in die grün-roten Karos hinein. Als sie etwas sagen wollte, kam nur ein Piepsen aus ihr, die Stimme war weg, und sie wurde von einer neuen Welle erfaßt, die sie zwischen Glucksen und Schniefen hin- und herwarf; es war noch genauso wie früher. Nina konnte lange weinen, mit riesengroßen Tränen. Ich hätte gern mitgeweint, aber es ging nicht. Da kicherte ich wenigstens mit und schob mein Weinglas gegen ihres, das unberührt auf dem Tisch stand.

Ich ging in die Apotheke. Konnte es nicht sein, daß sie genau die Mitte zwischen Bordsteinkante Drieselstraße, wo wir damals den lahmen Spatzen gefunden hatten, also meinem Schritt Null, und der Nummer achtundzwanzig, unserem Hauseingang, also meinem zweiundsiebzigsten Schritt, darstellte? Das würde endlich ihre Existenz rechtfertigen. Dann wären es, wenn ich auf Höhe der Apotheke loslief, exakt sechsunddreißig Schritte bis zur Haustür. Ich mußte das auf dem Rückweg überprüfen.

Achtundzwanzig fünfzig, sagte die Verkäuferin und machte ein neutrales Gesicht. Ich war mir nicht sicher, ob es Ausdruck ihrer Routine war oder ob sie versuchte, sich rauszuhalten, da sie nicht wissen konnte, welches Ergebnis ich mir von dem Schwangerschaftsfrühtest erwartete. Ich fand den Test sehr teuer. Vielleicht konnte man sich, sollte er positiv ausfallen, auf den halben Preis einigen. Aber für eine schlechte Nachricht waren selbst vierzehn Mark fünfundzwanzig zuviel.

Auf dem Rückweg raste der Schäferhund mit Herrn Schlemm-Heise an mir vorbei. Ich hatte nicht gewußt, daß Herr Schlemm-Heise so zeitig aufstand. Als ich in die Wohnung zurückkam, schliefen die anderen seelenruhig, es war erst acht Uhr zweiundzwanzig.

Ich schloß mich auf dem Klo ein. Die vergangene Nacht hatte ich damit zugebracht, den achtundzwanzigtägigen Zyklus der Frau durch zwei zu teilen, danach die Dauer der empfängnisbereiten Phase um den Eisprung herum zu berechnen und die Ergebnisse erst mit meinem Kalender und dann mit mir in einen Zusammenhang zu bringen, der ein Minimum an Hoffnung zuließ. Ich las den Beipackzettel zweimal durch. Bloß keine Fehler machen jetzt. Urinstrahl. Ein roter Strich. Vier Minuten. Zwei rote Striche. Klar. Ich wußte es ja.

Dreißig Sekunden lang glotzte ich auf die beiden roten Striche; dann ging ich in die Küche und ließ Wasser ins Spülbecken ein. Der Berg von dreckigem Geschirr war fällig. Manchmal wusch ich richtig gern ab. Ich versuchte, nicht zu klappern, damit die anderen nicht aufwachten.

Die elf Gläser, sieben Tassen, zehn Teller, sechs Messer, zwei Gabeln, zwei großen und fünf kleinen Löffel waren sauber. Blieben ein Schneidebrett, drei verkrustete Töpfe, zwei Pfannen. Bevor ich mich an die sperrigen Teile machte, mußte ich Platz schaffen. Ich nahm ein Tuch zum Abtrocknen vom Haken neben der Spüle. Das erste Glas rutschte mir aus den Fingern und zersprang am Boden. Ich würde erst zu Ende abwaschen, die Scherben später beseitigen. Das zweite Glas mußte ein besonders empfindliches gewesen sein, denn es zerbrach in meinen Händen. Ich ließ den ganzen Schlamassel fallen, schleppte den Staubsauger aus dem Bad in die Küche und saugte kreuz und quer vor mich hin, ohne System, mehr wegen des lauten Geräuschs.

Jeff brüllte, was denn mit mir los sei. Ich sah ihn in zerknitterten Unterhosen in der Tür stehen. Ich brüllte, ob er denn heute keine Probe habe.

Krisensitzung um zwölf, brüllte Jeff.

Dann ging er aufs Klo. Ich schaltete den Staubsauger aus und machte Kaffee. Nina kam herein, seufzte und fegte die Scherbenreste zusammen. Sie nahm sich eine Tasse und hielt sie in Richtung Kaffeekanne. Ich goß ihr Kaffee ein und sagte es. Als Benno auftauchte, sagte ich es auch ihm. Er machte auf dem Absatz kehrt und war verschwunden. Als schließlich Jeff vom Klo kam, sagte ich es der Vollständigkeit halber ein drittes Mal. Wir schlürften unseren Kaffee, und ich ließ mir von Jeff eine Zigarette drehen. Die Wohnungstür fiel ins Schloß. Benno brauchte wohl frische Luft. Jeff verdrückte sich ins Wohnzimmer. Nina sah mich an. Ich mußte mir seit bestimmt zwanzig Minuten auf der Unterlippe herumgebissen haben, denn sie blutete jetzt.

Ich verließ die Wohnung als letzte.

Vor der Haustür begann ich zu zählen. An der Bordsteinkante Drieselstraße war ich bei zweiundsiebzig Schritten. Es beruhigte mich, daß die Sache auch andersherum funktionierte. Ich zählte weiter, bis ich bei einhundertsiebenundsechzig und an der Ecke Brehmestraße war. Da das Zählen allein mich unterforderte, beschloß ich, nicht auf die Furchen zwischen den

Gehwegplatten zu treten. Das hatte zur Folge, daß ich mein Schrittmaß entweder verkleinern oder vergrößern mußte. Ich entschied mich für Verkleinern. Aus dem Gehen wurde ein Tippeln. Bei dreihundertfünfunddreißig war ich an der Talstraße. Wollte ich zu Karl, und das wollte ich um jeden Preis, hatte ich jetzt den Kiesweg über den Bürgerplatz zu nehmen. Das aber war ausgeschlossen, denn dem Kiesweg fehlte es an Platten und Strichen zum Nichtdrauftreten. Ich mußte einen Umweg machen. Ich schwenkte in die Talstraße ein. Ich verschärfte die Aufgabe und nahm mir vor, nur über Fußwege mit Platten und Strichen zu Karl zu gelangen, ausnahmslos. Wollte ich eine Straße überqueren, durfte es keine asphaltierte sein; für mich kam nur Kopfsteinpflaster in Frage. Ich erreichte die Sonnenburger Straße bei sechshundertunddrei. Ich machte mir klar, daß ich schon viermal ein Auge zugedrückt und eine Schuhspitze hatte durchgehen lassen, die die Linie zwischen zwei Platten offensichtlich berührt hatte. Ich stellte das Schrittezählen zugunsten des Strichverbots ein, dachte mir aber, um nicht nachlässig zu werden, eine Strafe aus: Sollte ich ein einziges Mal mit einer Furche in Kontakt kommen, sie gar betreten, so durfte ich nicht zu Karl, basta. Ich mußte mich eben anstrengen. Was waren meine kleinen Mühen verglichen mit dem Zustand, in dem Karl sich befand. Ich mochte gar nicht daran denken. Fassungslos über meinen abrupten Auszug saß

Karl jede Nacht auf dem Sofa, Zigarette um Zigarette, Bier um Bier, Schnaps um Schnaps – und mit der Konzentration des Alkohols in seinem Blut würde auch das Wasser in ihm höher steigen, bis es die Augen erreicht hätte und endlich über die Lidränder treten konnte.

Es war passiert. Mit dem Fußballen hatte ich eine mörtelgefüllte Furche betreten. Die Grenze war überschritten. Da gab es kein Vertuschen. Ich war unkonzentriert gewesen, und jetzt bekam ich die Quittung dafür. Ich war schlampig gewesen und mußte die Konsequenzen selbst tragen. Meine Chance war vertan, ein für allemal.

Im quadratischen Feld einer Steinplatte blieb ich stehen. An der Kolonie und Ahornweg hießen die Straßen hier. Ich war in eine Gegend geraten, die ich nicht kannte. Wohin jetzt mit mir? Mir fielen bloß meine Eltern ein. Sie würden ohnehin nicht vor siebzehn Uhr zu Hause sein, frühestens in zweieinhalb Stunden. Ich hatte genügend Zeit für zwanzig oder dreißig Abstecher. Ich riß mich zusammen. Noch einen Fehler konnte ich mir nicht leisten. Zuerst mußte ich mich aus dieser fremden Sackgasse herausmanövrieren. Ich drehte mich auf dem Steinquadrat vorsichtig um hundertachtzig Grad. Den Blick eisern auf die Striche geheftet, tippelte ich los. Ich mußte zurück, dahin zurück, wo ich mich wieder auskannte. Von da aus würde ich einen neuen Schlachtplan entwerfen, der mich zwar nicht geradewegs, dafür aber getreu den Regeln zu meinen Eltern führte. Statt zu hetzen, zwang ich mich zu gemäßigtem Tempo und zum gewissenhaften Aufsetzen der Füße. Die Platten waren hier gleichmäßig und störungsfrei aneinandergereiht. Ich schoß mich auf die entsprechende Gangart ein. Es lief gut für mich. Nachher, wenn ich bei meinen Eltern ankäme, würde ich alles, was meine Mutter in der Küche fabrizierte, restlos aufessen. Ich umschiffte ein mit Teer ausgebessertes Stück Fußweg. Vor solchen Fallen hatte ich höllisch aufzupassen. Ich wurde den Verdacht nicht los, mich immer weiter von allem zu entfernen, was ich kannte. Überprüfen konnte ich es nicht. Es wäre Leichtsinn gewesen, einfach den Blick zu heben und mich umzuschauen. Vier nachträglich eingesetzte, längliche Platten, die dem Regelmaß widersprachen, brachten mich ins Schlingern. Ich sprang im letzten Moment nach rechts in ein Quadrat und fing mich an einer Hauswand ab. Um ein Haar wäre ich in die Katastrophe geschlittert. Warum hatte ich die Gefahrenstelle nicht rechtzeitig gesehen? Ich erschrak. Es fing schon zu dämmern an. Um halb fünf würde es dunkel sein. Ich bündelte all meine Kräfte und kniff die Augen zusammen. Ich wollte nur noch Striche sehen, Striche, Striche, Striche. Wenn ich jetzt durchhielt, hatte ich Glühwein in Aussicht, Glühwein aus EinLiterTetrapaks, den mein Vater vor Freude über mein Erscheinen eifrig heiß machen und nachschenken würde. In diesem Glühwein wollte ich, das schwor ich mir, die befruchtete Eizelle, die wie ein Parasit in meinem Unterleib hing, ersäufen.

Die Linien erschienen trotz der Dunkelheit deutlicher vor meinen zusammengekniffenen Augen. Als hätte ich sie mir gefügig gemacht, kamen sie mir entgegen; ja, sie gehorchten mir, wurden breiter und schwärzer, und jetzt, jetzt hoben sie sich ganz klar von den Platten ab. Disziplin und Durchhaltevermögen zahlten sich aus. Ich hatte alle Hindernisse überwunden. Ich hatte den Widerstand der Striche gebrochen. Über dem milchgrauen Fußweg schwebte in Knöchelhöhe ein engmaschiges Netz aus dicken, schwarzen Linien, durch das ich stieg.

Es war Mittwoch, der elfte Dezember, als ich um zehn Uhr sechsunddreißig die Wohnung betrat. Jeff stand im Bad auf der Waage und behauptete, bloß wegen der Lebkuchenfresserei habe er in den letzten sieben Tagen drei Kilo zugenommen. Nina streichelte Jeffs Bauch und fragte, wo ich gewesen sei.

Spazieren, sagte ich.

Ich zog Mantel und Schuhe aus und stieg auf die Waage. Von uns dreien war ich sowieso die schwerste, fünfundsechzig Kilo, jetzt zeigte die Nadel auf einundsiebzig. Der Körper deponierte also schon Reserven, mit denen er das ungeborene Leben schützend umgab. Sechs Kilogramm für einen fünf Millimeter großen Embryo –

wenn das so weiterging, wie würde ich erst in zwei Wochen, in zwei Monaten aussehen? Eine Fettkugel auf Beinen, das war ich. Wo war Benno überhaupt? Auf dem Weg zum Telefon sah ich diese Tüte im Flur stehen. Ich wußte nicht, wie sie in meinen Besitz geraten war. Ich konnte mich nicht erinnern, irgendwo eingekauft zu haben. Erst Tüte auspacken, dann Benno anrufen, befahl ich mir. Auf die Nerven gehen konnte ich ihm immer noch.

Ein Zweikilonetz Mandarinen, zwei dreißig Zentimeter große Schokoladenweihnachtsmänner und drei Liter Glühwein in Tetrapaks – ich trug alles in die Küche, räumte es in die unteren Fächer des viertürigen Buffets und war froh, daß mich niemand dabei sah. Nina und Jeff waren wohl wieder ins Bett gegangen. Ich öffnete den Kühlschrank. Zwei Packungen Eiersalat und ein Stück Käse kamen mir entgegen. Der Kühlschrank war proppenvoll; Benno mußte wieder zugeschlagen haben. Ich wollte die Tür schließen, aber sie sprang zweimal wieder auf. Beim dritten Mal knallte ich sie mit voller Wucht zu. Bis auf die Überraschungseier und die Ketchupflasche kam mir der ganze Inhalt in einer Art Kettenreaktion entgegengerutscht. Schwangere Frauen machten normalerweise einen zufriedenen Eindruck. Nur ich kam mir wie behindert vor. Ich sortierte die Schachteln, Dosen, Päckchen nach Gewicht und Größe und stapelte sie in den Stauraum. Wenn ich dreißig sein würde, rechnete ich aus, wäre das Kind sechs; wenn ich vierzig sein würde, wäre es sechzehn; wenn ich fünfzig sein würde, wäre es sechsundzwanzig. Nicht mit Kraft, sondern mit Gefühl, sagte ich mir und drückte die Kühlschranktür vorsichtig an. Sie hielt. Ich mußte einen Frauenarzt aufsuchen und eine Abtreibung verlangen, und zwar morgen früh um acht. Aber wie ging so etwas vonstatten? Es klingelte. Elf Uhr eins. Ich rannte zur Tür. Benno kam herein, die Ledertasche unter dem Arm.

Keiner da, fragte er leise. Ich wies mit dem Kopf auf die geschlossene Schlafzimmertür. Benno ging auf Zehenspitzen in den roten Salon, schloß die Tür und setzte sich mit der Tasche auf den Boden. Ich setzte mich ihm gegenüber, im Schneidersitz, fünf Zentimeter trennten unsere Knie. Benno zog ein ziegelsteingroßes Päckchen in einer grauen Papphülle hervor und gab es mir. Ich entfernte die Hülle. Es war eine nagelneue Bibel; eintausendeinhundertachtundfünfzig Seiten das Alte, dreihundertfünfundzwanzig das Neue Testament. Während ich zu blättern begann, fragte ich Benno, wo er sie aufgetrieben habe.

Nicht, was du denkst, lies mir vor, sagte Benno und legte seinen Kopf in meinen Schoß.

Um dreiundzwanzig Uhr stand Jeff vor der Wohnungstür, hinter ihm drängte sich eine Menschentraube.

Party, sagte Jeff.

Er küßte Nina, und dann zogen, während ich die Klinke umfaßt hielt, vierunddreißig Personen an mir vorbei und verteilten sich gleichmäßig in den Räumen. Nina und ich fingen gar nicht erst an, anspruchsvolle Unterhaltungen führen zu wollen. Wir gingen in die Küche, bastelten aus den Vorräten ein kaltes Buffet und trugen die Teller, Schüsseln, Platten auf den Tisch im Wohnzimmer. Die Hungrigen waren Schauspieler oder Schauspielstudenten, Leute vom Film und vom Thea-ter, die, während sie kauten, einander allesamt zum Ver-wechseln ähnlich wurden. Das Buffet war binnen zehn Minuten leergefegt, sogar die beiden Schokoladenweih-nachtsmänner rückstandslos vertilgt. Die Musik wum-merte, und Nina und ich flitzten mit geöffneten Wein-flaschen aus der Küche und mit leeren wieder zurück; wir füllten den Kühlschrank mit Bierdosen auf und stellten acht Untertassen als Aschenbecher hin.

– Na Sie haben ja eine dufte Feier hier. Darf man mal reinkommen?

Der arme Herr Schlemm-Heise stand im Flur, arm deswegen, weil der Hund ihm die Nase abgebissen hatte, allerdings schon vor vierzehn Tagen, so daß sie inzwi-schen mit zwölf gut sichtbaren Stichen festgenäht war und in violett-rötlicher Färbung, zu Hühnereigröße ge-schwollen, wieder tadellos zentral in seinem Gesicht saß. Wir umtänzelten Herrn Schlemm-Heise und schoben ihn in Richtung Wohnzimmer; unterwegs signalisierte er seinen Amüsierwillen mit kessen Unterarm- und Hüftwackeleien. Als Nina ihn in den uralten Ledersessel plaziert hatte, aus dem sie zuvor ein schwarzgekleidetes Paar entfernen mußte, wurde mir bewußt, daß ich, seit die Horde uns vor anderthalb Stunden überfallen hatte, Benno vermißte.

Kulturprogramm für Herrn Schlemm-Heise, rief ich zweimal.

Benno kam aus dem Schlafzimmer, denn er witterte den Braten sofort; mein Lockruf hatte gewirkt. Hinter Benno sah ich zwei großäugige Mädels, eine Blonde unter fünfzig Kilo und eine garantiert Magersüchtige mit langen, schwarzen Haaren. Benno erklärte, er habe per Handy versucht, bei der Auslandsauskunft die Telefonnummer von Karel Gott herauszukriegen, sei aber bloß bis zur Prager Vorwahl vorgedrungen. Die Mädels kicherten, und mir war klar, daß Benno sich seinen zukünftigen Kommilitoninnen von der besten Seite gezeigt hatte.

Genauso entschlossen wollte er nun Herrn Schlemm-Heise sein Talent beweisen. Benno nahm dem Plastefernsehturm, einem verstaubten Siebziger-Jahre-Souvenir von Ninas Eltern, die Spitze ab und bot unseren Gästen unter Einsatz seines neuen Mikrofons ein exklusives Karel-Gott-Potpourri dar. Er hatte nicht nur die Melodien im Kopf, Benno konnte auch die Texte von

Biene Maja, Weißt du wohin und *Du bist da für mich* auswendig. Er beherrschte den tschechischen Akzent, das elastische Kniezucken und den impulsiven Mikrowechsel von links nach rechts und zurück. Den krönenden Abschluß bildete die ausgebreitete, das Firmament streichelnde Hand mit dem Glanzblick in die höhere Ferne. Bennos Publikum jubelte, und ich dachte, daß Karl, wäre er hiergewesen, sich jetzt vielleicht zu einem Elvis-Medley hätte hinreißen lassen. Aber Karl war nicht hier, und Benno brach seinen Auftritt plötzlich ab und rannte ins Bad.

Jeff fiel vor mir auf die Knie. Als ich ihm zubrüllte, daß er mich verwechsele und daß Nina in der Küche sei, machte er Männchen, bellte und biß mich in den Daumen. Ich flüchtete zu Nina an den Küchentisch.

So voll war's hier noch nie, sagte ich.

Doch, als du entjungfert wurdest, sagte Nina.

Wir hatten unsere Klasse und ein paar aus der Clique damals eingeladen, weil Nina fünfzehn wurde und ihre Eltern auf Dienstreise waren. Ich spürte, wie mein Kopf rot anlief, und sah, daß auch Nina ihren gläsernen Blick bekam. Die Feier vor zehn Jahren war gegen diese hier von rührender Unschuld gewesen, bis auf meine Neigung zu dem infantilen Muskelprotz aus der Nachbarschule – auch Nina hatte vergessen, wie er hieß –, dem ich meinte, unbedingt in Mathe helfen zu müssen. Und da, was ich einmal angefangen hatte, auch zu einem Schluß gebracht werden sollte, endete das Ganze in einer langwierigen, schmerzhaften Prozedur auf dem Holzbett im düsteren Schlafzimmer von Ninas Eltern. Noch in der Nacht half mir Nina, das Bett abzuziehen und die blutigen Laken immer wieder in dem eiskalten Wasser zu stauchen, das wir in die Badewanne gelassen hatten. Sämtliche Fleckentferner erwiesen sich angesichts der Spuren, die wir zu beseitigen hatten, als blanker Hohn. Ich heulte, und Nina heulte mit, und als der Morgen anbrach, wrangen wir die Laken aus, stopften sie in Plastetüten und warfen sie in die Mülltonne unten auf dem Hof.

Komm, tanzen, sagte ich.

Ich schnappte mir Nina, nahm sie huckepack und rannte mit ihr ins Wohnzimmer. Aber dort war niemand mehr außer Herrn Schlemm-Heise, der – obwohl die Bässe bis in die Fußsohlen dröhnten – in seinem Sessel saß und schnarchte. Es war erst ein Uhr siebenunddreißig. Wohin waren die alle verschwunden?

Benno blockierte immer noch das Klo. Er hatte die Tür zugeschlossen und ließ mich, als ich mit Nina auf dem Rücken an der Klinke rüttelte, mit einem *Eine Sekunde, bitte!* abblitzen. Benno vertrug keinen Alkohol. Sollte er selber damit fertig werden.

Jeff fanden wir im roten Salon. Er hatte Viertel nach zwölf eine Flasche Wein umgestoßen, Nina hatte geistesgegenwärtig eine volle Kilo-Tüte Salz auf den Fleck geschüttet. Genau in diesem Fleck lag Jeff und schlief. Nina kniete sich vor ihn hin.

Ich riß sie vom Boden hoch, lud sie mir wieder auf den Rücken und drehte mich mit ihr. Sie schrie und quiekte, machte aber weich und biegsam all meine akrobatischen Versuche mit. Ich hielt Nina so sicher wie ein Eiskunstläufer seine Eiskunstläuferin.

Wir ließen die Balkontür offenstehen und öffneten auch das Küchenfenster, damit der Qualm abzog. Jeff lag unverändert in der Salzlache, nicht weit von ihm Benno auf dem Dreiteiler. Er schnarchte wie ein alter Mann. Wir schlossen die Tür vom roten Salon. Auch Herr Schlemm-Heise konnte so sitzen bleiben in seinem Sessel. Aufräumen würden wir morgen. Wir stiegen ins Schlafzimmerbett. Punkt zwei Uhr tapste Nina in die Küche, um eine Flasche Wasser zu holen.

Ich fühlte, daß ich aufstehen mußte. Mund und Kehle waren vollkommen ausgetrocknet. Sechs Uhr zehn. Ich nahm alle Kraft zusammen, um die Augen offenzuhalten. Im Bad hängte ich mich unter den Wasserhahn. Das Ziehen in den Eingeweiden wurde stärker. Ich schloß die Tür ab, setzte mich aufs Klo, ließ das Wasser zur Beruhigung weiterlaufen. Es tat weh. Ich legte den Kopf auf die Knie und wand die Arme um mich selbst. Ich war froh, die Augen wieder schließen zu können.

Mir war nicht klar, wie lange ich so gesessen hatte.

Ich mußte kurz weggedämmert sein. Bestimmt nicht länger als fünfzehn Sekunden. Ein dunkler Klumpen, umgeben von viel Blut, hatte sich aus mir gelöst. Es tat noch immer weh. Ein schöner Schmerz. Ich ließ mir Zeit. Als ich mir zutraute, das Bad zu verlassen und in die Küche zu gehen, drehte ich den Wasserhahn zu. Die Küche war eine Mülldeponie und wegen des geöffneten Fensters eiskalt, grob geschätzt acht Grad unter Null. Ich fror nicht. Ich räumte den Fünfziger-Jahre-Sessel frei und setzte mich. Das Jaulen eines Martinshorns konnte die Stille nicht stören.

SCHNITT

Ich geh noch mal die Partitur durch, sagt Konrad und hängt den Bügel mit dem Frack an den Kleider‑ständer.

Ich kauf mir im Foyer einen Sekt, sage ich, bis dann.

Ich hasse Premieren, sagt Konrad.

Und ich erst, sage ich.

Konrad guckt mich an wie ein Hund. Er kriegt sei‑nen ersten Würganfall. Immer dasselbe. Brechreiz steht für Aufgeregtsein. Vor Premieren und Konzertreisen. Ich stehe da wie eine Frau, die ihrem Mann beim Wür‑gen zusieht. Ihm ist nicht zu helfen. Er konzentriert sich darauf, sich nicht zu übergeben. Vielleicht sollte er das einfach mal tun. Aber das Erste‑Hilfe‑Set – Pfeffis und Bonaqa – ist stets zur Stelle. Ich kann gehen.

Die Einlaßdamen zählen die Programmhefte. Der Tresen wird eben geöffnet. Ein Sekt kostet fünf Mark. Auf den Tischchen stehen Kärtchen mit Nümmerchen. Eine Frau mit Lockenfrisur und kurzgestuftem Nacken ißt drei belegte Brötchen an Tisch sieben. Sie kaut mit genußlosem Ernst, wahrscheinlich Witwe. Sollte was trinken zwischendurch.

Zwei Grazien haben sich auf dem Zentralkanapee niedergelassen, genau in der Mitte des Foyers. Die mit dem dünnen Hals und den Pferdehaaren ist die Tochter, Spitzenhandschuhe bis über die knochigen Ellbogen, im Ganzen bestimmt eins neunzig. Die Mutter ist bis zum Doppelkinn in eine goldene Riesenrüsche verpackt, *Rocher* heißt die Adelspraline. Die Mutter bevorzugt große Wickler. Mit diesem Kostüm könnte sie in Zwickau die Eboli geben. Vier schwarzumrandete Augen blicken mich betrübt an.

Auf der Raucherinsel hinter der Glastür steht niemand, nur drei gewichtige Großraum-Aschenbecher. Wegen der Scheibe ist der Ton weg. Ehepaare in Übergangsmänteln schütteln sich kreuz und quer die Hände. Linksgescheitelte Männer, deren Frauen gerötete, ausgeleierte Ohrläppchen haben, mit Perlmuttohrclips dran. Ehepaare mit viel Zahnfleisch und polierten Schuhspitzen. Man sieht sich. Man kennt sich. Man schätzt sich. Man sieht sich.

Aus Konrads Tür stürzt ein Mann mit Aktenmappe und gegeltem Haar. Künstleragentur Bleibtreu, ich kenne das Haus sehr gut, ruft er mir zu, verneigt sich, kommt einfach nicht wieder hoch und jagt krumm davon.

Halt mir den warm, sagt Konrad.

Was, frage ich.

Konrad zuckt mit den Schultern und sieht blaß aus.

Er will seine Runde bei den Sängern machen, toi toi toi wünschen und über die Schulter spucken.

Tu das, sage ich, ich hol mir noch einen Sekt.

Wir verlassen den Raum in verschiedene Richtungen.

Die Ehepaar-Dichte hat sich verdreifacht. Ich schlängle mich durchs Foyer bis zum Tresen. Wie viele Gläser würde ich im Ernstfall bis sieben Uhr schaffen?

Die goldene Kugel und der schwarze Strich sitzen in haargenau derselben Pose, nur der doppelte Blick verzehrt sich inzwischen vor Traurigkeit. Die sind ja jetzt schon am Ende.

Mit halbleerem Sektglas drücke ich Konrads Türklinke herunter. Ein Moment, auf den ich mal stolz war. Das durfte nur ich. Lampenfieber und Liebesglück.

Ich freu mich auf das Quartett, sage ich, als ich Konrad die Fliege richte. Ich muß immer schlucken, wenn ich seine Verkleidung sehe, weil das so eng am Hals aussieht. Aber Konrad sagt, er fühlt sich wohl in den Sachen.

Der Tenor hat keine Stimme, sagt Konrad und hustet und räuspert sich andauernd.

Das sagt er bloß so, sage ich.

Lackschuhe aus den Säckchen, Schuhspanner raus, Füße rein, Pfeffis in die Hosentasche, Ersatzstöcke aus dem Koffer. Spiegelblick, Küßchen, Spiegelblick, Küßchen. Schöne Grüße an Verdi.

Wie aufgefädelt sitzen die Ehepaare endlich da, wo sie hingehören, auf ihren Abonnentenplätzen, von denen aus sie gedämpft plappern, weil sie gleich still sein müssen. Jetzt ist es doch wieder ein ganz schönes Gefühl, aber ich habe den dritten Sekt nicht mehr geschafft. Parkett, Reihe fünf, Platz drei. Schräg vor mir die Witwe mit der Lockenfrisur. So allein wie beim Brötchenessen ist sie inzwischen nicht mehr. Überall hocken Lockenköpfe mit kurzgestuftem Nacken. Wer sich bei Opernpremieren trifft, der trifft sich auch beim Haarkünstler. Irgendein ortsansässiger Friseur muß in den Achtzigern seine große Zeit gehabt haben; seither hat sich auf den Köpfen seiner Kundinnen nichts verändert. Keine Kuckucksnester zu finden, Haarlack hindert die Locken des Hinterkopfwirbels daran, auseinanderzuklaffen. Einzig die Gestaltung der Ohrenfreiheit variiert. Lauter ausgeschnittene Ohren. Hören können müßten sie jedenfalls gut.

Es wird dunkel im Zuschauerraum. Licht auf das Pult im Graben, etwas davon fällt auf die Mitte der ersten Reihe. Da sitzen wieder Mutter und Tochter, drehen die Köpfe in Richtung Saal, die Gesichter nun von schwarzen Tränen überströmt. Die halten das doch nie durch. Wie haben die überhaupt den Weg vom Kanapee hierher bewältigt? Und warum sitzen sie direkt hinter Konrad?

Der kommt, Applaus, verbeugt sich flott, Arme

hoch, Blickkontakt mit Trompete und Posaune, die Ouvertüre beginnt.

Konrad war auch hier in der Stadt beim Friseur. Zum Glück in der Herrenabteilung. Vor zwei Tagen. Kurz vor Premieren kommt die Wolle immer runter. Dann sieht er jünger und gepflegter aus und hat nichts mehr vom Klischee des ungebändigten Genies.

Und ich? Den Pony schneide ich mit der Nagelschere, sobald er anfängt, meine Sicht auf die Welt zu beeinträchtigen. Ansonsten wächst mein Haar und hängt glatt herunter, ganz normal eigentlich, wenn es nicht so fad aussehen würde. Gerade heute nachmittag habe ich wieder versucht, mit Fön und Bürste Volumen hineinzubringen. Aber ich kann so schlecht gleichzeitig halten und frisieren, mir tun die Arme weh, ich höre auf, bevor es trocken ist, halte den Kopf vornüber und versprühe eine Überdosis Haarspray auf alles, was zum Erdboden strebt. Wenn ich hochkomme, stehen die Haare in sämtliche Richtungen, ein beträchtliches Volumen. Aber Frisur kann man das nicht nennen. Sie legen sich innerhalb der nächsten Stunden erst allmählich ab, um schließlich wie eh und je in Frieden zu hängen. Vermutlich wird es genau zur Premierenfeier soweit sein.

Schlußakkord, Vorhang, Applaus, Pause. Ich muß Konrad stärken mit Bonaqa und Lob. Ich muß einen Sekt trinken. Ich muß in den Spiegel schauen.

Konrad sitzt und schwitzt und trinkt, klatschnasse

Haare. Konrad müßte ein guter Föner sein, der ist es gewohnt, sich stundenlang die Arme in Kopfhöhe zu verrenken. Das mit dem Würgen ist vorbei. Er hat es immer nur vorher, vor dem ersten Ton.

Es läuft doch, sage ich.

Ich bin gut heute, richtig gut, sagt Konrad.

Der Tenor ist Spitze, sage ich, der erinnert mich an den einen aus dem Monty-Python-Film.

Der heißt John Cleese, sagt Konrad.

Ich hol mir schnell einen Sekt, sage ich.

Die Schlange am Tresen ist kurz. Es klingelt schon. Die Ehepaare fangen an, sich wieder auf ihre Plätze zu fädeln. Zu Konrad laufen und dabei trinken ist genauso schwer wie halten und frisieren. Konrad ist schon aus dem Raum. Ich kippe das Glas hinunter und stelle es auf der Erde ab.

Reihe fünf, Platz drei. Ich drücke mich an den Abonnenten vorbei und sitze. Ich habe vergessen, in den Spiegel zu schauen. Ich greife mit den Händen in die Haare, um den Volumenstand zu überprüfen und zu erhöhen. Die Witwe schräg vor mir tut dasselbe – und wahrscheinlich hinter mir noch ein Dutzend Frauen. Geübte Kopfgriffe. Ich verschränke die Arme schnell vor der Brust.

Es wird dunkel. Die beiden Plätze in der ersten Reihe bleiben leer. Das war abzusehen. Die mußten nach Hause, Antidepressiva einnehmen. Hätten sie eigentlich mitbringen können, ihre Pillen, und hier schlucken. Konrad kommt, Applaus, Verbeugung, Vorhang auf, da ist ja der Tenor. Wie der auf dem roten Läufer schmachtet, könnte er morgen früh im Ministerium für komische Gänge anfangen. Sekt macht lustig. Es könnte doch sein, daß Konrad stellvertretend für die Sänger würgt. Er nimmt ihre Angst, keine Stimme zu haben, auf sich. Es könnte außerdem sein, daß ich zu Anlässen wie dem heutigen genau die Frisur trage, die alle von Konrad erwarten. Ich nehme seine Frisur auf mich. Wer nimmt was für mich auf sich? Noch stehen sie ja wohl ein bißchen ab. Vielleicht sollte ich sie durchstufen lassen, das wird bestimmt helfen. Oder eine leichte Dauerwelle, eine von den schonenden, ohne Ätzmittel. Nicht so wie die Damen hier. Die Lockenfrisur mit kurzem Nacken liegt mir doch nur deshalb im Magen, weil ich sie mit vierzehn selber mal hatte. Nicht nur ich, die ganze Klasse hatte die hiesige Mehrheitsfrisur, auch die Jungs; ach was, nicht nur die ganze Klasse, das ganze pubertierende Land sogar. Die Mütter haben protestiert, aber die dreißig Mark bezahlt. Und jetzt tragen sie den kollektiven Ausbruch ihrer Kinder seit bedenklichen fünfzehn Jahren selber auf dem Kopf. Vielleicht ist Identität nichts weiter als die gemeinsame Reanimation eines Haarschnitts von vorgestern. Wenn diese Frauen mit vierzig die Frisur gekriegt haben, mit der sie alt werden müssen, dann habe ich noch eine Chance. Kinderkriegen,

Todesfälle, neue Jobs, Scheidungen – wesentliche Lebenseinschnitte gehen mit neuen Haarschnitten einher. Der Kopf ändert sich, außen und innen. Ich muß mir morgen einen Termin holen.

Vorhang. Stürmischer Applaus. Konrad schüttelt dem Konzertmeister die Hand.

Die Verbeugungsordnung ist gut geübt. Die Sopranistin holt das Regieteam, aber schade, der Regisseur trägt gar kein Toupet, Konrad hat geschwindelt. Der hat einfach denselben linksgescheitelten Schnitt wie all die Männer im Saal, nur haben seine Haare durch die Jahre jeden Widerstand aufgegeben und sich einträchtig zu einer Haube verfestigt.

Die Ehepaare hasten zu den Garderoben und fliegen mit ihren Übergangsmänteln aus dem Theater. Dieses Kopf-an-Kopf-Rennen konnte ich angesichts der Stunden, die sie freiwillig in der Oper verbracht haben, noch nie verstehen. Aber der Tresen ist schön leer, und ich hole zwei Sekt, einen für Konrad und einen für mich.

Ich war gut, sagt Konrad.

Ja, warst du, sage ich.

Konrad nippt nur an seinem Glas. Er will lieber ein Bier. Dann trinke ich Konrads Sekt.

Dein Kopf war heute so klein beim Verbeugen, sage ich.

Spinnst du, sagt Konrad und steigt in seine Jeans.

Er packt seinen Kram zusammen, und wir gehen zur Feier.

An Tisch sieben sitzt die Witwe und kaut schon wieder. Als sie Konrad sieht, prostet sie ihm frohgemut mit dem Saftglas zu. Um den Tresen stehen Männer mit Bier und Zigarette; die vom Chor gucken ein biß-chen spöttisch aus ihren Seidenhemden, die von der Technik haben hinten einen Zopf. Wir kaufen Bier, Sekt, fünf belegte Brötchen für Konrad, setzen uns an Tisch zwölf.

Großartig, großartig, Glückwunsch, sagt ein reh-äugiger Schöngeist über Konrads Schulter.

Der legt das angebissene Brötchen auf den Teller zurück, steht auf, und dann drückt der Intendant innig Konrads Unterarm. Konrad drückt zurück. Ich lächle im Sitzen hoch, aber das tut nichts zur Sache.

Der Regisseur kommt, und die pinkgoldene Fanfa-milie vom Nachbartisch erhebt sich und klatscht in die Hände. Die Männer klopfen ihm auf die Schulter, die Frauen küssen ihn, eine verleiht ihrer Bewunderung Nachdruck durch einen Knicks.

Der Intendant bringt Konrad ein Bier und mir einen Sekt. Ich stehe auf. Er stößt mit uns an.

Schöner Abend, ungelogen, sage ich.

Der Intendant sagt, daß er aus Malta stamme und jetzt weitermüsse. Ich setze mich wieder hin.

Die Künstleragentur Bleibtreu buckelt mit Aktenmappe zu uns. Diesmal bleibt Konrad sitzen, ich auch. Der Mann ist sowieso nach vorn gebogen.

Wunderbar, ganz zauberhaft, hitverdächtig, sagt die Agentur zu Konrad.

Irgendwie kennen wir uns, sagt die Agentur zu mir.

Von vorhin an der Tür, sage ich.

Nein, im Ernst, Sie singen doch, sagt die Agentur.

Nur in der Badewanne, sage ich.

Jetzt ist die Agentur beleidigt und buckelt weiter zu Tisch neun.

Warum sagst du nicht, was du machst, fragt Konrad.

Was mach ich denn, frage ich.

Eine schwarzgefärbte Kurzhaarfrau setzt sich zu Konrad und spricht von der Ambivalenz der Schluß-szene. Die Ohrringe haben denselben Durchmesser wie die Augenringe. Das muß die Dramaturgin sein. So was rieche ich.

Ich fühle mich als Anwalt des Komponisten, sagt Konrad.

Färben wäre gut, oder wenigstens tönen. Nicht schwarz, kastanienbraun vielleicht.

Der Regisseur hat sich aus seiner Familie befreit und will, daß sich alle um ihn versammeln. Ich kriege einen Sekt, aber ich darf nicht gleich trinken. Arbeitsprozeß, Widerspruch, Impulse, Danke, sagt der Regisseur in die Menschentraube hinein, mit viel Nachdenken und Rüh-rung zwischendurch. Dessen Haube könnte nicht mal eine Windmaschine bewegen. Meine Haare hängen mit Sicherheit. Um so standhafter lächle ich, das macht mir gar nichts mehr. Applaus. Kling, klang, klong. Prost. Es gibt viele schöne Haarfarben.

Damit ist der offizielle Teil vorbei, und die Leute sortieren sich naturgemäß. Der Regisseur verschwindet mit seinen Fans in die Kantine, in den Keller, zu den billigen Schnäpsen. Zwei Männer vom Chor legen hinter dem Tresen ihre Lieblingsmusik ein.

An unseren Tisch kommt eine Frau mit schönen Zähnen, Lachfältchen und Mann. Das ist die Sopranistin. Ihr folgt der Tenor im Kolibri-Hemd, auch mit Mann, und rollt die Augen. Ein Japaner mit Hugendubel-Tüte setzt sich, das Gesicht eines fröhlichen Kindes unter schwarzem Schopf. Das ist der Bariton. Der kommt allein, Verwandte aus Fernost sind nicht erschienen.

Grazie Maestro, ruft der Japaner.

Harakiri, kein Problem, sagt Konrad und legt den Arm fest um die Bariton-Schulter. Als ob sie sich schon zwanzig Jahre kennen würden.

Wenn ich Sie nicht gehabt hätte, sagt die Sopranistin und nimmt Konrads freie Hand zwischen ihre beiden. Das meint die wirklich. Bei mir stellt sich gar kein Neid ein, ich warte schon den ganzen Abend darauf, erstaunlich. Ich bin weder neidisch auf die Sopranistin noch stolz auf Konrad.

Gutes Material, schöne Stimme, aber die Synkopen, sagt Konrad.

Dieses Chefgetue. So wie der vorhin gewürgt hat, könnte er sich ruhig zurückbedanken.

Prosit! Halleluja!, tönt der Tenor fernab jeder Hemmung. Der will nichts hören, der will nichts sehen, der will ununterbrochen singen.

Bravissimo!, rufen alle. Wir erheben unsere Gläser, am höchsten auf Konrad.

Ich bin der Konrad, sagt Konrad.

Gabriela, Ralf, Teru, sagen die anderen. Und wieder klingen die Gläser. Einmal geduzt, immer geduzt. Konrad sammelt Komplimente und will eine Runde ausgeben.

Ich mach das, sage ich.

Am Tresen kaufe ich Bier, Sekt, einen Saft für die Sopranistin. Der Mann des Tenors hilft mir beim Gläsertragen.

Als ich an den Tisch zurückkomme, lästern sie bereits über den Regisseur. Das ging schnell. Konrad kann ihn gut nachäffen. Ich gehe aufs Klo, obwohl ich nicht genau weiß, ob ich muß. Vielleicht brauche ich nur eine Pause vom Lachen.

Beim Händewaschen erblicke ich mich im Spiegel. Sie hängen. Sie hängen wie die Zweige einer Trauerweide. Die Witwe kommt zur Klotür herein, das Haar tadellos in Form. Ist sie mir nachgegangen?

Und Sie sind die Gattin des Dirigenten, fragt sie und ziert sich ein wenig.

Ja, sage ich.

Ganz toll, wirklich, sagt die Witwe.

Ich nicke, lächle, danke.

Wenn einer heute abend den Erfolg verdient hat, dann er, sagt sie.

Ach so, die ist vom Fach.

Danke, ich werde es ihm ausrichten, sage ich.

Ich muß mich verdrücken, sonst erzählt sie mir ihr Leben. Bestimmt die Frau vom toten Generalmusik‚ direktor oder so.

Ich drücke die Klinke herunter. Offen. Stockfinster ist es, bis auf die Notlichter, die über den Saaltüren schimmern. Ich schließe die Tür hinter mir. Reihe fünf, Platz drei. Der Eiserne ist heruntergefahren. Nur das Bodentuch auf der Vorbühne sehe ich, und den Orche‚ stergraben. Keine Köpfe mehr da. Die zwei trostlosen Grazien werden wohl nicht wieder auftauchen. Denen hätte ich einen ausgegeben, nur um den Freitod hinaus‚ zuzögern. Vor ein paar Jahren hab ich mich mal mit Konrad in den Graben abgesetzt, nicht hier, anderswo, nach einer Premiere. Wir haben gevögelt und sind zwi‚ schen den Notenständern eingeschlafen. Die Putzfrau hat uns geweckt. Ein leeres Theater ist was Schönes.

Auf dem Gang kommt mir Konrad entgegen.

Wo bleibst du denn, fragt er.

Konrad freut sich, mich gefunden zu haben. Er wankt ein bißchen, als er vor mir steht.

Weißt du, Konrad, sage ich.

Was denn, fragt er.

Ich muß zum Friseur, sage ich.

Wenn du meinst, sagt er.

Alles ab, ich schneide alles ab, sage ich.

Tu das, sagt Konrad.

Er verkneift sich ein Gähnen.

Wollen wir, fragt er.

Noch einen Letzten, sage ich.

Drei Stunden vorher komme ich am Ostbahnhof an. Zur Sicherheit bin ich einen Zug früher gefahren. Ich nehme ein Taxi. Ich will nicht hetzen müssen, um nichts in der Welt. Und ich will die erste sein und den Friedhof angeschaut haben, allein, bevor irgendwer auftaucht.

Nach Pankow bitte, sage ich.

An der Jannowitzbrücke steht unter anderen Fußgängern mein Vater an der Kreuzung und wartet auf Grün. Ich ducke mich auf der Rückbank. Wir fahren ganz dicht an ihm vorbei. Ich drehe mich um. Die Fußgänger laufen los, allen voran mein Vater. Er ist es nicht. Mein Vater geht anders. Der Taxifahrer schaut mich im Rückspiegel an.

An der Wollankstraße steige ich aus. Die paar Schritte kann ich zu Fuß gehen. Der Park liegt ruhig unter der Maisonne. Er ist gepflegt, aber nicht überzüchtet. Die Wege sind verschlungen. Ein Ende nicht in Sicht. Es gibt Schatten. Ich erschrecke, weil ich plötzlich weiß, was mir über Monate gefehlt hat. Karl hat tatsächlich einen dieser seltenen Tage erwischt, an denen der Frühling die Kraft zum Sommer aufbringt. Es war richtig, ohne Strümpfe in die Sandalen zu steigen, zum ersten Mal in diesem Jahr, heute morgen, als der Nacht‑tau noch nicht verflogen war. Nackte Füße, granatrotes Haar und die Jeansjacke, das ist mein Kostüm für Karl. Ich ziehe die Jacke aus und binde sie um die Hüften.

Unmerklich schält sich der Friedhof aus dem Park, ist ihm eingewachsen, von ihm geschützt, damit er dem Ortsunkundigen verborgen bleibt, und liegt doch genau da, wo ihn meine Erinnerung plaziert hat. Ich nähere mich der Ziegelsteinmauer, die unter Moos und Un‑kraut kaum mehr sichtbar ist. Ein Tor gibt es nicht, nur zwei modrige Säulen, verhangen von den schlaffen Zweigen junger, sich planlos vermehrender Birken.

Ich trete ein. Der Friedhof ist alt, verwittert, bomba‑stisch. Kein Wunder, daß Karl sich diesen ausgesucht hat. Hier sind wir gewesen, mehrmals, damals, vor zehn Jahren. Karl hat die Spaziergänge über den Friedhof nicht aufgegeben, bloß, weil ich ihn verlassen habe. Er ist umgezogen nach Pankow, um besser spazierengehen zu können. Zwischen der Vormittags‑ und der Abend‑probe ist er Tag für Tag die Wege im Park abgeschrit‑ten, bis er alle Bäume mit Namen kannte, alle Winkel, jeden Ausblick. Abseits vom Lärm der Stadt ist Karl doch noch heimisch geworden in Berlin. Hier setzt er sich auf einen Stein und raucht zwei, drei Zigaretten, zwischen den alten Familiengruften, inmitten des wil‑

den Gestrüpps, und entlang der efeuumrankten Stämme wandert sein Blick nach oben in die Baumkronen, die ein Dach bilden. Wenn er keine Proben hat und keine Vorstellung, wenn sie ihn am Theater nicht brauchen, fallen die Spaziergänge länger aus. Er hockt reglos auf dem Stein und rührt sich nicht eher, als bis er einen mümmelnden Hasen erspäht hat oder meint, einen Igel rascheln zu hören in den verwesenden Laubbergen. Karl verliert das Gefühl dafür, wieviel Zeit vergangen ist. Er merkt es höchstens an dem Kippenhäufchen, das er neben dem Stein mit dem Fuß zusammenschiebt. Karl steht auf, fährt sich mit der Hand durch die Haare und denkt, daß er noch mal mit Franz reden muß. Er muß noch mal mit Franz reden, damit es wieder wie früher wird, wie in den guten Zeiten. Karl kann nicht glauben, daß es in dem bissigen, saftigen Theater, wie Franz es macht, keinen Platz für ihn geben soll. Das hält Karl nicht aus. Deswegen muß er noch mal mit Franz reden. Karl geht nach Hause, steigt die fünf Treppen hoch bis ins Dachgeschoß, holt die Flasche Berentzen aus dem Kühlschrank und trinkt den ersten Schnaps. Wenn Karl keine Vorstellung hat, gibt es keinen Grund, nüchtern zu bleiben. Er setzt sich an den Küchentisch, stumm wie ein Felsbrocken. Karl leert die Flasche zur Hälfte; es dauert vom frühen Abend bis Mitternacht. Die Zeit zu vergessen, beherrscht Karl besser als die meisten. Er hat keine Uhr, und ich, ich habe auch keine.

Ich stehe auf und laufe zu einem Mann in grüner Latzhose, der mit einer Heckenschere versucht, das Gebüsch zu bändigen.

Wie spät haben Sie's, frage ich.

Halb zwei, sagt der Mann.

Die Beisetzung um zwei, die ist doch hier, frage ich.

Hier seien schon ewig keine Begräbnisse mehr, das könne man ja wohl sehen, sagt der Mann, ohne sein Geschnippel zu unterbrechen.

Und wo bitte ist dann der Friedhof am Bürgerpark, frage ich.

Jetzt läßt er die Schere sinken und zeigt mir mit ausgestrecktem Arm, wo es langgeht.

Zehn Minuten, Viertelstunde, sagt er und verzieht abschätzig den Mund.

Ich könnte heulen über diese Leute, die einem kein bißchen Mut machen, und renne los, durch den Park, über die Brücke, am Springbrunnen rechts vorbei.

Ich bin zu lange weg aus Berlin. Daran gibt es nichts zu deuteln. Ich verwechsle die Friedhöfe. Als ich den Spielplatz links liegengelassen habe, sehe ich den Zaun, endlos lang und frisch gestrichen, der den Friedhof am Bürgerpark säumt. Den soll ich entlanggehen bis ganz vor, dann abbiegen und bis zum Haupteingang laufen.

Das ist kein Friedhof, das ist ein eingezäuntes Rechteck mit Parzellen, eine Kleingartenanlage, ein Dauercampingplatz, eine Freiluft-Kaserne. Aber was hat Karl hier zu suchen? Bevor ich die Ecke erreiche, an der ein Grabsteingeschäft seine besten Stücke ausstellt, mäßige ich den Schritt und ziehe die Jeansjacke über. Ich biege ab. Da vorn, wo die vielen Autos parken, muß der Eingang sein.

Ich gehe auf hellgrauem Beton, parallel zum Zaun, und passiere Straßenlaternen, die mich mit regelmäßiger Folge auf das unausweichliche Nahen meines Ziels verweisen. Ich sehe Menschen, die in kleinen Gruppen vor dem Tor stehen; einige schauen in meine Richtung. Der Beton wird zu Watte. Aber die Bande aus Zaun und Laternen hält mich am Laufen.

Ich erkenne sie alle, sofort, ohne Verzögerung, schon von weitem. Die haben nicht mit mir gerechnet. Nicht hetzen, nicht bummeln, nicht stolpern. Einfach normal gehen, wenn möglich mit erhobenem Kopf. Die wissen genau, wer ich bin. Nach zehn Jahren können sie getrost so tun, als würden sie sich nicht an mich erinnern. Meine Füße sind mechanische Gehwerkzeuge, die Watte fressen, meterweise. Jetzt nicht kneifen. Geh, verdammt. Die jungen Frauen stecken die Köpfe zusammen und scharren mit den Schuhen auf Beton. Es sind Anja Haberfeld, Annett Henicke und Carolin Rönn, deren Kinder alle ein und denselben Vater haben: Franz. Franz fehlt noch. Franz ist der Intendant. Der kommt auf den letzten Drücker. Mit Gerry, der bei ihm die großen Rollen spielt. Gerry spielt sie, nicht Karl. Die Laternen glei-

ten an mir vorüber, eine nach der anderen. Nicht ausweichen. Keine Tricks. Geh auf die Leute zu, die du
kennst und die dich kennen, ob sie wollen oder nicht.
Karl kann dich nicht mehr an die Hand nehmen, dafür
bist du wirklich zu alt. Ich stampfe durch die Watte,
kurzatmig, zittrig, mit aufeinandergebissenen Zähnen.
Mach jetzt keine halben Sachen. Los. Augen auf. Kopf
hoch. Blicke suchen. Du weißt doch, daß Schauspieler
nicht grüßen können. Das hat einen einfachen Grund:
Sie wollen nicht sehen, sondern gesehen werden. Ich
muß da direkt in die Mitte hinein. In die Schauspieler-
traube. Tief rein. Ich stoße ein wimmerndes, viel zu lei-
ses Hallo aus und ein völlig unerhebliches Guten Tag.
Meine Mundwinkel zucken. Zweimal nicke ich mit dem
Kopf, kurz, knapp, winzig die Bewegung. Keine Re-
aktion. Ich begreife, daß Hunderte von Abenden, an
denen ich mich der Mutprobe unterzogen habe, allein
die Kantine zu betreten, um auf Karl zu warten – vorbei an den vollen, lauten Schauspielertischen, beschos-
sen von ihren Nicht-Blicken, panisch auf der Suche
nach dem richtigen Platz, den es nicht gab ohne Karl –
, daß all die Abende nichts als die von langer Hand ge-
plante Übung für den heutigen Tag waren, für diesen
Moment, in dem ich im Zentrum eines Haufens um
zehn Jahre gealterter Schauspieler zum Stehen komme.
Ich bin unter ihnen; ich bin unter Karls Kollegen.

Sie beäugen mich. Sie sind so schlecht darin, unauffällig zu sein. Was hat Karl ihnen gesagt? Was ist es, das ihnen bei meinem Anblick durch die Gehirne rattert? Ich rühre mich nicht von der Stelle. Ich lausche ihrem Plappern, Zischeln, Kichern; ich sehe die Küsse, die sie sich zur Begrüßung geben, die Zigaretten, die sie sich anzünden, die Blumen, die sie mitgebracht haben. Ich habe wegen der weiten Reise auf Blumen verzichtet, keine störenden Requisiten; ich hatte Mühe genug, mich selbst mitzubringen. Karls Kollegen sind nicht stumm und sind nicht schwarz. Sie dämpfen lediglich ihre Aufgekratztheit, bis das hier vorbei ist. Und sie sind bunt für ihre Verhältnisse, luftig angezogen, vielleicht, weil die Sonne scheint und sie das so selten erleben. Unverhofft kriegen sie eine Extraportion Tageslicht ab, durften das Theater heute früher verlassen, Probenschluß um eins, weil sie Karl begraben müssen.

Karl ist immer blau, jeansblau. Jeanshose, Jeansjacke, Jeanshemd. Und Karl kennt nur zwei Jahreszeiten: Im Winter trägt er Turnschuhe, im Sommer Jesuslatschen, das ist der einzige Unterschied. Wenn Karl beschlossen hat, daß Sommer ist, läßt er erleichtert die Socken weg und steigt in die Jesuslatschen, auch auf die Gefahr hin, an den Füßen zu frieren.

– Grüß dich, Tanja.

Anschauen, umarmen, weggehen. Ute Schmitt spielt seit ein paar Jahren eine gutherzige Serien-Krankenschwester im Fernsehen, weil Franz ihr keine Rollen mehr gibt. Karl kann sie nicht leiden; sie läßt den Gut‍menschen raushängen, sagt er. Karl kann Frauen, die in seinem Alter sind, sowieso nicht ausstehen. Mir kommt so eine mitfühlende Mutter gerade recht. Ich nehme die Güte der Serien‍Krankenschwester für bare Münze. Sie guckt betroffen, ich dankbar. Karl sieht es ja nicht.

Fine, Karls Tochter, nähert sich dem Eingang. Sie kommt in einem knielangen, schwarzen Mantel, mit Sonnenbrille und trägt eine gelbe Rose bei sich. Fine ist genauso alt wie ich. Wir haben uns gemocht, schon da‍mals. Fine hat Karl, ihren Vater, an mich abgeben müs‍sen, als wir beide achtzehn waren. Wäre Fine nicht Karls Tochter und wäre ich nicht Karls Geliebte gewe‍sen, hätten wir Freundinnen werden können. Als ich Karl verlassen habe, haben auch Fine und ich uns aus den Augen verloren. Erst vor vier Wochen habe ich mir ihre Nummer von der Auskunft besorgt. Seitdem haben wir oft telefoniert, stundenlang, mit dünnen Stimmen. Wir haben von Karl gesprochen.

Fine legt ihre heiße Wange an meine. Ich hatte ver‍gessen, daß sie einen ganzen Kopf größer ist als ich. Sie wird vom Heulkrampf geschüttelt. Schmal ist sie ge‍worden und noch schöner. Unter der Sonnenbrille lau‍fen Tränen hervor. Ich versuche, ihr in die Augen zu sehen, aber ich treffe in den Gläsern von Fines Brille zweimal auf mein eigenes Gesicht.

Ich weiß überhaupt nicht, wie das hier ablaufen soll, sagt Fine.

Sie schnieft. Unter dem Schutz der Sonnenbrille versucht sie, sich zu orientieren, die Leute einander zuzuordnen; es ist aussichtslos; also schaut sie an sich selbst herunter und streicht mit fahriger Hand den Mantel glatt. Ich gebe ihr ein Tempotaschentuch.

Franz und Gerry erscheinen, werfen die Autotüren zu. Mit verschlossenen Gesichtern und offenen, flatternden Jacketts eilen sie herbei. Gerry mischt sich unters Volk; Franz läuft vorbei an uns allen, grüßt kaum, dünn die Lippen, blaß die Haut, die kurzsichtigen, grauen Augen huschen hinter der Nickelbrille hin und her. Wenn er sich mit etwas quält, kann Franz eine ungeheure Fresse ziehen, griesgrämig, humorlos, zynisch. Spitzweg nennt Karl ihn dann, und Franz zischt zurück, na, Fred Feuerstein, auch schon wach? Bloß für Gerry, für den eitlen, geizigen, hundsbegabten Gerry hat sich nie ein richtiger Spitzname gefunden.

Franz geht flugs durch das Zauntor, durch den Friedhofseingang und verschwindet in der niedlichen Kapelle aus rotem Backstein. Ist der schon öfter hier gewesen? Woher weiß der, was er zu tun hat?

Für Franz verließ Karl Dresden, die Stadt, in der er fünfzehn Jahre auf der Bühne gestanden hatte. Er ging nach Berlin, um mit Franz ein neues Theater aufzumachen, das einschlagen sollte wie eine Bombe. Karl fürchtet sich vor dieser Stadt, in der sie anfangen, sämtliche Wände durch Glasscheiben zu ersetzen. Karl bleibt lieber in der Kantine sitzen. Da ist er sicher, denkt er. Ich schleiche um das Theater, immerzu auf der Suche nach einem Schlupfloch. Karl sieht das. Er sieht mich, lange bevor ich ihn sehe. Durch die Kellerfenster der Kantine sieht Karl Abend für Abend meine Beine auf und ab gehen. Eines Nachts winkt er mich zu sich. Karl sammelt mich auf. Karl läßt mich ein. Karl nimmt mich mit. Er nimmt mich mit in sein kakerlakenbevölkertes Plattenbau-Appartement und spielt mit mir all die Spiele, die mein Vater mir ein Leben lang versprochen, aber nie mit mir gespielt hat und die Fine von nun an für immer entbehren muß.

Franz steckt den Kopf aus der Kapellentür und zuckt unfreiwillig; ein hektisches Kopfwackeln hat er sich angewöhnt, als wollte er ständig etwas abschütteln.

Wir können, sagt er leise.

Das klingt nicht nach feierlicher Beisetzung, das klingt nach Durchruf zum Durchlauf. Die Horde formiert sich träge, strebt der Kapelle zu. Sie nimmt mich mit, und ich lasse mich von ihr tragen. Wir quetschen uns durch die Tür, die Franz geöffnet hat. Die Kapelle ist klein und riecht modrig. Da passen wir nie im Leben alle rein. Vorn steht ein Rednerpult, ein klumpiger Holzkasten unter einer winzigen Kuppel. Ich setze mich, ohne zu überlegen, in die vorletzte Reihe, an den äußersten Rand. Die vorletzte Reihe. Ich mag sie schon immer, auch im Theater, obwohl es dafür nicht einen einzigen vernünftigen Grund gibt. Die Holzbänke sind im Nu gefüllt. Die Schauspieler stehen dicht gedrängt im Mittelgang, an der weißgekalkten, hinteren Wand, an den Seiten, in der Kapellentür. Der größte Teil der Traube muß dennoch draußen bleiben, hängt wie das dicke Hinterteil eines Bienenkörpers aus der Kapelle heraus. Karls Beerdigung ist hoffnungslos ausverkauft.

Links neben mir sitzen der alte Rothert und seine Susanne. Rechts neben mir stehen Wagner, Althaus, Meyer. Vor mir sitzen die stramme Mattuschek und der lange Bohm. Ich werde wohl nicht viel mitkriegen, auf einem miesen Platz, eingekeilt von Karls Kollegen. Vor allem aber werde ich nichts mitkriegen, weil eine trau⁄ rige Musik einsetzt, irgendwoher vom Band, die mir prompt und gegen meinen Willen die Tränen in die Au⁄ gen treibt, die Sicht verschleiert, die Schläfen puckern läßt. Ich senke den Kopf, lasse die Haare vor das Gesicht hängen, wühle nach den Taschentüchern. Die Masse sitzt, steht, harrt und schweigt, ohne sich zu regen. Kein Gemurmel mehr, kein Gezische. Nur diese Musik. Die Zeit steht still. Wie sind sie überhaupt auf etwas Klassi⁄ sches gekommen? Karl hört nie klassische Musik. Karl hört am liebsten *Twist in my sobriety* von Tanita Tikaram und *Hope of deliverence* von Paul McCartney. Und Elvis natürlich, mit dem ist er groß geworden.

Nach einer Ewigkeit tritt Franz an das Rednerpult. Die Musik wird ausgeblendet. Der Kopf ruckt. Franz schluckt. Der Adamsapfel rutscht unter Franz' großporiger Haut einmal den dünnen Hals hoch und runter. Der Saal schluckt mit. Franz fängt an zu sprechen, viel zu leise, viel zu langsam, völlig ohne Sendungsbewußtsein. Er startet derartig tief, unausgeschlafen, schlecht gelaunt, daß es einem peinlich ist. Aber der Schein trügt. Franz hat sich einen niedrigen Blutdruck zugelegt, um auf schlaue Art Energie zu sparen. Wenn er erst mal warmgelaufen ist, kann er stundenlang frei sprechen, hochkonzentriert die Gedanken herauspfeffern. Dann schlackern einem die Ohren. Dann glüht einem das Hirn. Dann bewundern wir ihn, Karl und ich und die anderen. Es sieht bloß am Anfang überhaupt nicht danach aus, als hätte dieser schlaffe Intellektuelle den geringsten Plan. Er hat immer einen, darauf ist Verlaß.

Franz zückt ein zerlesenes Textbuch: Heiner Müller, *Der Bau.* Er spricht vom Beginn einer Freundschaft, der Freundschaft zwischen ihm und Karl, die Mitte der Achtziger in Dresden ihren Lauf nahm. Sie hatten nur ausverkaufte Vorstellungen, und die Leute, die aus Berlin und von überall her anreisten, stiegen blindwütig durch die Klofenster ins Theater ein, um Franz' Inszenierungen mit Karl in der Hauptrolle zu sehen. Franz liest die Sätze von Karl vor, der Brigadier Barka war, und dann den einen Satz, Karls Satz, wie nur er ihn her

ausbrachte, den durch Karl legendär gewordenen Hei-
ner-Müller-Satz, ein Meilenstein in Franz' Karriere: *Ich
bin die Fähre zwischen Eiszeit und Kommune.*

Franz hält den Kopf schräg nach oben, der Blick
geht ins Leere, in die Kuppel, nach innen; flink die
punktkleinen, scharfumrandeten Augen, noch schmaler
wirkt er hinter dem Pult, wie eine zerzauste, ausgehun-
gerte Stadttaube. Er erzählt von Karls Bühnenwucht,
von dem bulligen, proletarischen Körper, der brüllen
konnte und wollte und der die philosophischsten Sätze
hervorbrachte, als wären es Wiegenlieder, einfach, naiv,
leicht. Karl sitzt auf der leeren Bühne wie ein bockiges
Kind, Brigadier Barka hat die Prämie versoffen, hinter
ihm steht Gerry mit dem Akkordeon, die Bühne beginnt zu drehen, Karl windet sich, hebt die Faust, Gerry
spielt ihm eins, Brüder zur Sonne zur Freiheit, das Land
löst sich von innen auf, der Traum ist aus, der bitter-
schöne, und die Bühne dreht weiter, Karl singt, aber das
Lied bröckelt unter seinen Wuttränen. Das kann nur
Karl. Das darf nur Karl. Wenn Franz jetzt auf den
Rand des Pults flattern würde, Staub aufwirbelte, ein
paar verklebte Federn ließe, könnte man sehen, wie sich
die verkrüppelten Taubenfüße ums Holz krallen.

Franz sagt nicht, daß Karl nächtelang am Kantinen-
tisch hockt, mit aufgekrempelten Hemdsärmeln Bier
und Korn trinkt, die Ellbogen auf Holz gestützt, sich
die Haare rauft, alle Welt mit Überzeugungen befeuert,

lacht, weint, schimpft, schuftet zwischen Jähzorn und Melancholie. Franz sagt nicht, daß Karl so gut wie keinen Hals hat, daß Karl nicht in der Lage ist, sich den Rücken abzutrocknen, daß Karl mir gezeigt hat, was das Wort Ficken bedeutet. Franz sagt nicht, daß Karl im Hotel in Düsseldorf frontal gegen die Glastür vom Frühstücksraum geknallt ist, mit der Stirn zuerst, und daß die Gäste zu kauen aufgehört und Karl angeglotzt haben, als sei er zu blöd, durch eine Tür zu gehen.

Franz sagt noch weniger, daß Karl in seinem Innersten das liebreizende, aber tumbe Nilpferd-Mädchen Lotti ist, das zusammen mit mir, dem schnellen, schlauen Kater Maunz, alle Abenteuer besteht, alle Feinde besiegt und sich nachts an meinen Krallen den Rücken wundwetzt und an meinem Fell den Bauch reibt. Die Verkäuferin in der Damen-Abteilung hat uns für infantil gehalten, als ich auf ihre Frage an Karl, was der Papa denn kaufen wolle für seine Tochter, antwortete, das ist nicht mein Papa, das ist Lotti, die braucht ein neues Röckchen. Karl hat mir spät und heftig die Kinderstube nachgeliefert. Ich werde einen Aufruf an alle Väter der Welt verfassen, in dem ich sie auffordere, gefälligst Tiere für ihre Töchter zu spielen, und zwar regelmäßig und hemmungslos, Pferde, Bären, Affen, was ihnen auch einfällt, Löwen, Schweine, Elefanten. Wenn sie es nicht tun, kriegen sie zur Strafe Schwiegersöhne, die älter sind als sie selbst und die mit riesigen

Nasenlöchern und viereckigen Schädeln jedes Familien‧ foto sprengen. Für meinen eigenen Vater kommt der Aufruf zu spät. Mein Vater ist kein Tier und wird kei‧ nes mehr; er trägt nicht die Andeutung eines Tieres in sich, ich habe das lange beobachtet. Mein Vater hat meine gesamte Kindheit damit verbracht, den dritten Weltkrieg zu verhindern. Er darf kein Tier sein als Mi‧ litärspion für den Frieden, denn wenn er eins wäre, bräuchte der Gegner bloß mit dem richtigen Futter zu locken, und schon wäre mein Vater zahm und fräße ihm aus der Hand.

Franz war bei Karl im Krankenhaus. Ein paar Tage vor seinem Tod. Sie haben geredet, sagt Franz und ver‧ dreht den Taubenkopf noch schräger nach oben, und im Reden hätten sie da am Bett vielleicht einiges von dem verstanden, was sie in den letzten Jahren auseinanderge‧ bracht hat. Warum sich ihre Wege trennen mußten. Warum die Freundschaft vorbei ist. Franz hält inne. Die Taube müßte jetzt gurren. Sie tut es nicht; Franz ist schließlich Profi. Er spricht weiter, die Augen deutlich auf den Saal gerichtet. Karl hätte, als Franz sich an der Tür noch einmal umdrehte, etwas Seltsames im Blick gehabt, so, als wäre etwas sehr Wichtiges unerledigt ge‧ blieben. Das sagt Franz. Einfach so. Und er sagt uns ins Gesicht, was er Karl nicht hat sagen können: Kopf hoch, Alter, das wird schon wieder.

Die Taube ist zäh; sie schaut in den Saal und sieht

erbärmlich aus. Franz sucht die Augen seiner Leute. Die erwidern treu seinen Blick. Auf einmal ist Franz weg; das Vogelvieh ist von der Brüstung gestürzt. Wir blicken auf das leere Rednerpult und hören unter der Kuppel erst den Widerhall eines Klackens, dann ein Rauschen. Franz taucht wieder auf. Er hat auf die Play-Taste eines Kassettenrecorders gedrückt, der offenbar hinter dem Pult auf dem Boden steht.

> Gute Nacht, Freunde,
> Es ist Zeit für mich zu geh'n.
> Was ich noch zu sagen hätte,
> Dauert eine Zigarette
> Und ein letztes Glas im Steh'n.

Meine Füße sind eiskalt. Die Taschentücher sind verbraucht, alle naß. Karl, ich weiß, warum Franz dir keine Rollen mehr geben konnte. Er hat es nicht ertragen, daß du manchmal weinst.

Wir erheben uns. Wir stehen. Einen Augenblick lang. Noch einen Augenblick. Und noch einen. Dann bewegt sich die Horde ins Freie zurück. Wer durch die Tür heraustritt, den blendet die Sonne. Die Schauspieler formieren sich zu einer Schlange, geführt von Franz und der Familie, so selbstverständlich, als hätten sie ihr Leben lang nichts anderes besucht als Beerdigungen. Der Pulk, der vorhin draußen bleiben mußte, wartet wieder und wird zum Schlangenschwanz. Vor mir gehen Detlef von der Requisite und Olli vom Ton. Hinter mir gehen Veronika Fleischer und Bruni Dittmanns, die Intendanzsekretärinnen. Ich gehe allein, vielleicht als einzige, mitten in der endlosen, traurigen Kindergartengruppe, die in Zweierreihe angetreten ist. So, wie ich Karl ganz allein geliebt und ganz allein verlassen habe, will ich ihn auch ganz allein begraben, ohne Freunde, die meinen, mich stützen zu müssen. In jeder Hand halte ich drei aufgeweichte, durch die Nässe geschrumpfte Taschentücher, mit denen ich mir abwechselnd die Nase putze. Ich betrachte meine verfrorenen Füße, die ganz lila aussehen in den Sandalen. Der Sand, über den wir gehen, ist ein wenig feucht. Mit jedem Schritt hebeln meine Schuhspitzen etwas davon in die Luft. Mit jedem Schritt zertrete ich den Schuhabdruck meiner Vorgänger, hinterlasse ich für einen Moment den eigenen, den die nachfolgenden mit ihrem ersetzen. Das Gute an Sandalen ist, daß der Sand, der vorn hereinkommt, hinten wieder herausfällt. Neben meinen Füßen tauchen ein paar dunkelbraune Männerschuhe auf, sogenannte Slipper, mit geflochtenem Oberleder. Ich senke den Kopf tiefer. Ich will keinen Nebengänger, keinen Mitläufer, keinen Zweckverbündeten. Aus dem Augenwinkel sehe ich, daß in den Schuhen hellbestrumpfte Füße stecken; die dunkelgrünen Hosen mit der Bügelfalte sind ein bißchen zu kurz. Ich kenne den

Gang. Ich kenne ihn sehr gut, diesen Gang mit den leicht auswärts gerichteten Fußspitzen, unauffällig und korrekt. Für den Bruchteil einer Sekunde schießt mein Blick die Hosennaht hoch bis zum Bund der Lederjacke. Er ist es. Ich verstecke mich hinter den Haaren, grabe das Gesicht in die taschentuchknüllenden Hände. Dieser Mann ist mein Vater. Ich habe ihn eine Ewigkeit nicht gesehen. In meinen Schläfen kocht das Blut. Wenn er mich jetzt anspricht, schreie ich. Ich spüre die Schlagader am Hals klopfen. Wenn er mich jetzt anfaßt, platze ich. Was hast du verdammter Schnüffler hier zu suchen. Die Augen drücken sich mir aus dem Kopf. Meine Füße zerlaufen im Sand. Bleib mir vom Leibe, Spitzel. In den Ohren rauscht es wild. Ich kriege keine Luft. Alle Ausgänge sind verstopft. Verschwinde. Hau ab. Sonst gibt es einen Knall, und das Blut spritzt. Wie kannst du es wagen, dich in meine Beerdigung einzumischen. Geh. Geh weg. Ich explodiere. Er geht nicht weg. Er läßt mich nicht in Ruhe. Das Wasser bricht aus mir hervor. Nicht nur aus den Augen, nein, von überall her strömt es an mir herab. Mein ganzer Kopf weint, die Stirn schwimmt, die Kopfhaut trieft. Es fließt an mir herunter, wäscht die Farbe aus dem Haar, meine Tränen färben sich granatrot, ziehen Spuren über die Haut, blutige Linien kriechen am Körper hinunter, winden sich über Hals, Brust und Rücken, Tropfen fallen auf die nackten Füße, ich ziehe eine Schleppe aus nassen, roten

Fäden hinter mir her, die spät gerinnen und irgendwo im Sand verklumpen. Hast du mich klammheimlich beobachtet, im Gebüsch gelauert, dir, wie du es nennst, einen Überblick verschafft, ohne selbst erkannt zu werden. So machen es doch die Spione, sogar, wenn sie privat auf Beerdigungen gehen, die den verflossenen Lieben ihrer Töchter gehören. Warum läßt du mich nicht in Frieden.

Blicklos, wortlos, tonlos schleicht er neben mir her. Er sagt nichts. Er hat nicht vor, etwas zu sagen, sonst hätte er es schon tun müssen. Er geht rechts, ich gehe links, zwischen uns hängt eine unsichtbare Wand. Was sollte es auch sein, das jetzt noch zu sagen wäre. Du bist mir keine Hilfe, du bist mir eine verdammte Last, Papa. Du hättest mir helfen können, aber das hast du nicht getan. Du hast mir nicht gesagt, daß Karl im Sterben liegt. Dabei weißt du doch alles. Du hast es gewußt und mir nicht gesagt. Das ist deine Strafe für mich, dafür, daß ich dich nie mehr wiedersehen wollte. Informationen zu beschaffen und sie gezielt vorzuenthalten, sobald die Gegenleistung ausbleibt, ist eine Fingerübung für jeden Spion. Aber ich bin nicht dein Verbindungsmann, Papa, und du, begreif doch, du bist nicht mein Führungsoffizier.

Die Wasserströme versiegen. Ich beginne zu trocknen, kämpfe mit unwillkürlichen Zuckungen, unterdrücke mit aller Macht die Schluchzer, die mir unangemeldet aus der Brust jagen. Mit stoischer Ausdauer kriecht die Menschenschlange über den Sand. Der Trauerzug nimmt nicht den kürzesten, er nimmt den verschlungensten, den langwierigsten, den kompliziertesten Weg; behutsam kreisen wir Karls letzten Ort ein; wir schieben das Ende vor uns her. Ich weiß nicht, ob ich bis zum Schluß durchhalte. Ich werde den Weg niemals wiederfinden. Mein Vater geht an meiner Seite, ohne daß ich ihn darum gebeten hätte. Ich habe niemanden darum gebeten, ihn zu allerletzt. Ich will keine Sonderbehandlung, jetzt nicht mehr. Aber du hättest mir sagen müssen, daß Karl stirbt, Papa.

Ich habe es aus der Zeitung erfahren. Wie jeder gewöhnliche Kulturseitenleser habe ich die kleine Meldung entdeckt. *Nach kurzer, schwerer Krankheit* stand da. Ich habe die Zeitung zugeschlagen und wieder aufgeschlagen. Es stand immer noch da. Ich habe im Theater angerufen und gefragt, ob es wahr sei. Dann bin ich durch den Wald gejoggt. Zwei Stunden lang habe ich mir die Lunge aus dem Hals gekeucht, gespuckt, gehustet. Ich wußte sofort, daß es Lungenkrebs war. Fine hat es mir später am Telefon bestätigt. Karls Todestag und mein Jogging-Rekord fallen zusammen. Nach vier Jahren abstinenten Lebens habe ich mir eine Schachtel Zigaretten gekauft, Lord Extra. Innerhalb von zwei Wochen war ich wieder bei vierzig Stück pro Tag. Ich rauche für dich weiter, Karl, eine nach der anderen; ich rauche vierzig Zigaretten, Papa, diese schädlichen, teuren Dinger, die du konfisziert, ins Klo geschmissen, vor meinen Augen einzeln mit der Schere kleingemacht hast. Ich sende unermüdlich Rauchzeichen an euch.

Die Taschentücher in meinen Händen fangen an zu krümeln. Mein Vater versucht nicht, mich anzusehen, mit mir in Kontakt zu treten, ein heimliches Zeichen von mir zu erhaschen. Er meldet keine Ansprüche an. Er hat mich hinterrücks überfallen, um nichts von mir zu wollen. Erst der Schock, dann die Linderung. Ich schaue auf seine Füße, die mit meinen im selben Rhythmus gehen. Gleichschritt. Es muß viel Sand in seinen Schuhen hängenbleiben auf dem Weg zu Karls Grab. Er wird heute abend die Slipper ausziehen, die Socken abstreifen und den Sand herausschütteln, den er vom Friedhof nach Hause getragen hat. Er wird staunen, wieviel es ist. Aber niemand wird davon erfahren. Nur den Sand muß er beseitigen. Mit der Kehrschaufel oder dem Staubsauger.

Unser Schritt verlangsamt sich, stockt. Der Trauerzug kommt zum Stehen und bildet wieder eine Traube. Ohne daß ich wüßte, wie und wohin, entfernt sich mein Vater von mir. Er läßt mich stehen, und ich sehe ihm nicht nach. Das war es also. Das war der Akt, den er für mich vorgesehen hat, gegen meinen Willen, ohne meine Zustimmung zu erfragen. Ich weiß nicht, was er vorhat, aber ich bin sicher, daß er das Ende nicht abwarten wird. Zu spät kommen und zu früh gehen, das ist beinahe, als wäre man nicht dagewesen.

Der Platz an meiner Seite wird von einem anderen eingenommen; es ist Beppo, der Kantinenkoch. Wir sammeln uns am Rande einer Wiese, die von langstämmigen Kiefern, Birken, Pappeln beschattet wird. Hier sind die frischen Gräber, liegen die jungen Toten, und die Wiese ist nur vorübergehend frei, bald wird sie von neuen Grabreihen bedeckt sein. Ich sehe Fine allein über die Wiese gehen, sie durch das hohe Gras steigen. Sie trägt einen Kranz. Den legt sie in die Mitte der ersten Reihe, zwischen ein ausgehobenes Erdloch und den dazugehörigen Maulwurfshügel. Das ist Karls Platz. Eine klitzekleine Baustelle. Er hat es eng zwischen den anderen Gräbern, gerade mal einen Quadratmeter mißt jedes, und Zwischenräume gibt es nicht. Dabei hat Karl doch Platzangst. Fine erhebt sich. Sie bewegt die Lippen. Dann zieht sie die gelbe Rose aus der Manteltasche und beugt sich noch einmal herab, um sie vor das Loch zu legen. Fine greift in die hüfthohe Schale, die aussieht wie die Kugelaschenbecher, die in jedem Bühneneingang an der Pförtnerloge stehen und die sie im Sommer in die Tür stellen, um ein bißchen Luft ins Theater zu lassen. Sie greift eine Handvoll Erde und läßt sie ins Loch rieseln. Dann dreht sie sich um und geht durchs Gras auf die andere Seite der Wiese.

Franz macht sich auf den Weg zu Karl, wirft ihm

ein paar Erdkrumen zu wie Vogelfutter, stakst auf dün=
nen Beinen davon. Gerry macht kaugummikauend das=
selbe. Die Jungs von der Technik sind an der Reihe,
Kalle, Hansi, Frosch, Ecki. Es gehört Mut dazu, sich
Zeit zu lassen, wissend, daß alle einem zusehen, wie
man hingeht, wie man die Erde nimmt und streut, wie
man steht, wie man weggeht. Mein Vater macht alles so,
wie er es bei den anderen gesehen hat, nur eine Spur
bescheidener. Er hat den häßlichsten Blumenstrauß von
allen, rosa, lila und weiße Zwergchrysanthemen mit
Unmengen Glanzfolie und schwarzen Bändern darum.
Mein Vater sieht klein aus, fast krumm, und wahr=
scheinlich wird er später, wenn ich die Kraft aufbringe,
ihn wiederzusehen, noch kleiner und noch krummer ge=
worden sein. Ich habe mein Kinderhandgelenk dem
schneidenden, sehnigen Griff eines Offiziers entrissen
und meinen Kopf in den Schoß eines Trinkers gelegt,
der mich in den Schlaf wiegt. Der Trinker ist tot. Mein
Vater ist fertig. Er streicht sich die Erdreste von den Fin=
gern, geht zu der Gruppe gegenüber und verschwindet
in ihr. Jetzt kann er sich verdrücken; jetzt kann er durch
die Büsche abhauen, aus denen er aufgetaucht ist. Sang=
los, klanglos, ohne Spuren, ohne Zeugen. Aus heiterem
Himmel erschienen, vom Erdboden verschluckt. Nie=
mand wird erfahren, daß er bei mir war, als wir Karl
begraben haben.

Ich stehe neben Ute Schmitt, der Serien=Kranken=

schwester. Wir sind gleich dran. Ich stopfe die Taschentücher, die sich zu einer Fasermasse vereinigt haben, in
die Innentasche der Jeansjacke. Ute Schmitt greift nach
meiner Hand und schenkt mir einen von ihren warmen
Fernsehblicken.

Wer zuerst, fragt sie.

Ich, sage ich.

Das Gras ist naß. Ich bemerke es erst, nachdem ich
ein Stück gegangen bin. Ich habe kalte, nasse Füße in
Sandalen und keine Taschentücher mehr. Ein Streifen
Wiese wurde heruntergetreten von denen, die den Weg
vor mir gemacht haben. Ich begebe mich in deren Spur.
Vor dem Grab ist eine halbkreisförmige Fläche aus
festgetrampelter Erde und Grashalmen, die wie nieder-
gemetzelt in wirrem Muster daliegen und sich nicht
mehr aufrichten werden. Da trete ich drauf und schaue
in das Loch. Eine Urne, nicht größer als ein Buddel-
eimer, mit Erde bekrümelt. Als hätten Kinder etwas zu
bauen angefangen und mittendrin die Lust verloren.
Wie konntest du dich nur dermaßen kleinkriegen lassen, Karl. Hast du dich denn gar nicht gewehrt. Warum
bist du erst zum Arzt gegangen, als du keine siebzig
Kilo mehr gewogen und Blut gespuckt hast. Du hast
dich kein bißchen gewehrt, Feigling. So, wie du nie mit
Franz geredet hast, sondern nur davon geredet hast,
daß du noch mal mit Franz reden mußt. Du bist so
schwach in deinem Bullenkörper. Jeden Abend be-

schließt du von neuem überm Schnapsglas, daß du noch mal mit Franz reden mußt. Du bist ein solcher Blöd-mann. Ich gehe. Ich kann es nicht mehr hören. Es hängt mir ganz gewaltig zu den Ohren heraus. Spät in der Nacht, wenn auch der letzte Penner dich sitzengelassen hat, schwankst du nach Hause, mit triefenden Augen und offenen Schnürsenkeln. Aber du kannst das Schlüs-selloch nicht finden im Suff. Du übernachtest auf dem Fußabtreter vor der Wohnungstür. Irgendwann schrecke ich hoch und sammle dich vom Fußabtreter auf. Du siehst aus wie eine Kröte, mit dieser Lähmung im Ge-sicht, mit dieser groben, sinnentstellten Mimik in Zeit-lupe. Du pinkelst neben das Klobecken und fällst ins Bett. Ich schaffe dir die Klamotten vom Leib. Du bist nichts mehr außer einem Berg Fleisch, der schnarcht. Es ist zum Kotzen mit dir, Karl Kreuschler. Du redest nicht mit Franz, nicht ein einziges, verdammtes Mal. Ich sage dir, warum. Weil du höchstens rausfliegen würdest, wenn du es tätest. Du kannst froh sein, daß Franz dir die Gage noch zahlt, von der du dir Berentzen und Lord Extra kaufst. Du bist eine lächerliche Figur, Karl, ein Spritti, der stramm den Revoluzzer mimt, ein schlechter, abgehalfterter Kantinenclown, der ein bißchen heiße Luft verpulvert, wenn man ihm ein Schnapsglas vor die Nase stellt. Du hast dir das Gehirn weggesoffen, du Idiot. Darum besetzt dich Franz nicht mehr. Heul nur, es ist ja doch bloß der Schnaps, der dir aus den Augen läuft. Dafür bin ich nicht von zu Hause weggerannt mit achtzehn, kapierst du, dafür nicht. Du hast mich belogen, ganz mies belogen, mich und alle und am meisten dich. Du liegst überhaupt nicht auf dem alten, wilden Friedhof, auf dem wir spazieren waren, und du bist auch gar nicht mehr dort gewesen, nie mehr. Die einzige, die hingerannt ist, bin ich, ich Trottel. Wegen dir war ich auf dem falschen Friedhof. Du aber wirst in einer Zwergen-Parzelle begraben, im Schließfach Nummer hundertvierunddreißig, und weißt du, wie dein Nachbar heißt, Karl – das glaubt dir sowieso keiner –, dein Nachbar heißt Lothar Schnaps, ich kann es auf dem Stein lesen. Er ist sechs Wochen vor dir gestorben, und die Blumen auf seinem Grab sind schon verwelkt. Mach's gut, Karl, adieu, Lotti.

Ich gehe auf die andere Seite. Mir läuft die Nase. Kein Taschentuch. Dann muß ich jetzt den Jackenärmel nehmen. Ich bin doch längst restlos leergepumpt. Ich stelle mich in die Meute, neben die Jungs von der Technik.

Ich höre, daß sie tuscheln. Hier und da fallen leise Worte, gemurmelt, nach unten weggesprochen. Die Gesichter hellen sich auf. Die Schauspieler sind schon auf dem Absprung, halten gerade noch inne, aus Höflichkeit. Zum Schluß ist Sabine dran, die Souffleuse. Sabine legt ein Sträußchen Tulpen auf den Berg aus Blumen, ganz oben drauf. Sie kommt zu uns. Wir sind vollzählig, bis auf Karl. Karl kann froh sein, daß er nicht teilzunehmen brauchte. Er hätte sich enorm lange das Rauchen verkneifen müssen.

Franz bricht auf, gefolgt von Gerry. Die Horde trabt hinterher, ungeordnet, in Grüppchen. Wir machen einen Bogen um die Wiese; die betritt keiner freiwillig. Das Geplapper und Gezische geht wieder los. Zuerst vorsichtig, dann schwillt es an; indem wir den Abstand zu Karls Grab vergrößern, nimmt die Lautstärke zu. Peschke erzählt mir, daß sie sein Stück jetzt in Tübingen spielen wollen.

Immer noch das alte, das von dem Piloten mit Flugangst, frage ich.

Ja, das, sagt Peschke.

Er komme nicht zum Schreiben, wegen der Kinder und überhaupt. Er steckt sich eine Zigarette in den Mundwinkel. Durch Grabreihen, an Hecken vorbei, über Sand- und Schotterwege gelangen wir zurück zur Kapelle; auf anderen Pfaden, über andere Wiesen. Für den Abgang gibt es keine Regeln. Allein würde ich hier nur mit Mühe herausfinden, aber ich bin in der Herde aufgehoben, sie bringt mich zum Ausgang. Der Rückweg ist ein Klacks; er dauert einen Bruchteil der Zeit, die wir für den Hinweg gebraucht haben. Vor dem Friedhofstor klicken die Feuerzeuge, glühen die Zigaretten auf, atmen wir durch. Es sind schwer verdiente Belohnungszigaretten, gierig und genüßlich inhaliert, deren Rauch die Schauspielermünder in den Himmel stoßen.

Fine kommt zu mir. Jetzt, wo wir uns wiedergefunden hätten, sagt sie, könnten wir uns doch mal besuchen. Wir sehen uns an und müssen grinsen, jede über die wund- und kleingeheulten Augen der anderen. Wie zwei verschnupfte Schleiereulen sehen wir aus.

Die Horde löst sich auf, zerfällt in alle Richtungen. Umarmungen werden absolviert, Verabredungen gerufen, Autotüren zugeschmissen. Sie rauschen ab, mit Volldampf ins Theater, in die Kantine, da hat Franz ein Buffet aufbauen lassen. Heute wird nicht mehr gearbeitet. Heute wird bloß noch gesoffen. Ich trinke keinen Schnaps mehr, er schmeckt mir nicht, manchmal trinke ich trotzdem einen, für Karl.

Ich laufe los, am Zaun entlang, an Straßenlaternen vorbei. Der Beton reflektiert die Sonne. Ich weiß nicht, wie spät es ist. An der Ecke mit dem Grabsteingeschäft ziehe ich die Jeansjacke aus und binde sie um die Hüften. Ich komme am Spielplatz vorbei, am Springbrunnen, gehe über die Brücke. Ich zünde mir eine neue Zigarette an. Es ist ruhig im Park. Den alten Friedhof werde ich wohl nicht wieder aufsuchen, sosehr ich es mir jetzt auch vornehme. Ich überquere die Wollankstraße und gerate in den Einkaufstrubel, in den Feierabendverkehr, in die ganz gewöhnliche Hetzerei, wie sie sich an einem Nachmittag in Pankow abspielt. Ich spüre, wie meine Füße auftauen. Ich sehe Blümchenkleider, Handys, nackte Waden, Plastetüten. Ganz langsam kehrt Leben in meine Füße zurück. Aber ich kann den Rhythmus der Stadt nicht aufnehmen. Es ist mir nicht möglich, schneller zu gehen. Ich sehe Autos, die sich in Parklücken quetschen, und Kinder, die nach der Straßenbahn rennen. Ich werde den Zug verpassen. Das ist nicht schlimm. Ich werde den nächsten nehmen, oder den übernächsten. Ich lasse mich anrempeln. Es macht mir nichts aus. Meine Füße sind gut durchblutet. Ich habe mein Schrittempo gefunden. Langsam und gleichmäßig bewege ich mich durch Berlin. Ich nehme kein Taxi. Ich laufe. Ich gehe. Von Pankow bis zum Ostbahnhof, zu Fuß.

Inhalt

Svenja Leiber
Büchsenlicht

Erzählungen
2005. 160 Seiten. Leinen
ISBN 3-250-60081-4
MERIDIANE 81

Frau Leites kocht Holunderblütensaft in leere Kornflaschen ein, und die Jugend verblüht am Glascontainer, während ein Ex-Junkie die Schweinestalltüren schmirgelt und der Edeka-Laster auf dem Buswendeplatz hupt. In der norddeutschen Provinz wird geliebt, geheiratet, gemordet und gestorben, und fast jeder ist schon mal über 'nen Appelkorn gestolpert. Sei es Tönnes, der zwei Meter hohe Wutausbruch, oder die weitäugige Polizistentochter, die was mit dem Reitlehrer hat. Svenja Leibers Figuren haben den Landregen im Gemüt. Da verliebt sich Heide Raschpichler in Hans Dalecki, nur weil ihr zu ihm kein passendes Tier einfällt, und die Putzhilfe Greta bewirtet die Landfrauen mit Haribo und Daim, bevor sie dem Großbauern einen Korb gibt.

Büchsenlicht ist ein Kanon, ein verregnetes Lied aus dem Norden.

»Büchsenlicht, das ist in der Jägersprache das Tages- oder Mondlicht, das ausreicht, einen treffsicheren Schuß anzubringen. Bei Svenja Leiber ist das Büchsenlicht die Zeit, in der die Menschen am verwundbarsten sind. Sie knallt sie nicht ab mit ihren Geschichten. Aber sie trifft sie mit ihrer direkten und poetischen Sprache mitten ins Herz.«
Jan Brandt, Die Tageszeitung

Ammann Verlag